Ingenting er Ingenting

Steve Gallegos

Moon Bear Press

Ingenting er Ingenting

Steve Gallegos

Oversættelse: Dorte Berthelsen

Printing History
First Edition
1st printing: May 2014

Cover Artwork: Marion Stulz,
ms_painting@bluemail.ch

ISBN 978-0-944164-26-6 (Print)
ISBN 978-0-944164-27-3 (Kindle)

Moon Bear Press
PO Box 468
Velarde NM 87582
orders@moonbearpress.com
www.moonbearpress.com

Indholdsfortegnelse

Ingenting er Ingenting

I dag. Ingenting er ingenting! Men hvem kunne have vidst det? Der var engang, hvor noget var noget, hvor ting var ting, ord havde mening og betød noget bestemt. Hvor ord havde indhold, var håndgribelige, kunne bruges, og kunne blive hørt og forstået. Men det var dengang. Og i dag er i dag.

"Ting har forandret sig, siden jeg var lille," tænkte David. "Når jeg lærte noget, så vidste jeg det, og jeg kunne tale om det, og mor ville lytte, far ville lytte; tante, onkel og mine fætre og kusiner ville lytte. Men ikke nu. Nu er ting i en stor forvirring, ingen forstår et ord af, hvad jeg siger, jeg taler og de ser på mig, som om jeg er dum eller noget. Jeg forstår det ikke, hvad er der sket?"

"Måske er verden i forandring," siger Gordy. "Ligesom vi vokser, bliver større og har brug for nyt tøj og ikke kan

1

passe noget mere. Sko er for små, trøjens ærmer når kun til albuen, og knapperne falder af. Før vi ved af det, er vi forandret, intet passer mere, og mor er nødt til at købe nyt til os. Måske er det også sådan med verden. Måske er verden vokset og intet passer mere, og vi passer heller ikke ind nogen steder mere, verden har brug for nye slags børn, som passer mere til verdens nye størrelse, måske er det det, der sker."

"Men, hvad skal vi gøre?" spurgte David. "Når vores gamle tøj ikke passer os mere, så forærer vi det væk, eller giver det væk, eller bruger det til klude. Men hvad kommer der til at ske med os? Vil de smide os væk, eller give os væk, eller bruge os til klude?"

"Altså," sagde Gordy, "Jeg har hørt noget, der er endnu mere skræmmende. Jeg hørte, at vi bliver sendt til et sted, hvor de laver os om, hvor de tvinger os til at forandre os, og hvis vi ikke går med til det, så bliver vi værdiløse, ligesom klude, som tøj der ikke længere passer. De trækker og hiver i os, så vi kommer til at passe til verden."

"Men, hvordan gør de det?" spurgte David, der blev helt overvældet af bekymring. "Aj, jeg tror da bestemt, at mor og far ikke ville lade dem tage os, ville de ikke? Og hvordan kan vi overhovedet blive anderledes, end vi er? Vi er jo, hvem vi er, det er da noget, jeg helt bestemt ved, så hvordan kan det overhovedet ske, at vi bliver forandret og lavet om?"

"Jeg ved det ikke," svarede Gordy, "men der er noget, der er endnu værre end det."

"Værre end at blive tvunget til at skulle lave sig om? Hvad kan være værre end det?"

"Jo," sagde Gordy, "Jeg har hørt, at de vil tvinge den ene af os til at gemme sig, og den anden til at blive fuldstændig magen til alle de andre børn!"

"Åh, nej," sagde David. "Hvordan kan det dog komme til at ske? Og hvor skulle vi gemme os? Og hvordan kan vi være nogen, vi ikke er? Det forstår jeg overhovedet ikke! Det er jo det, der gør det så skønt at være til, gør verden så spændende. Vågne op glad for at være den, man er, så man kan gå på eventyr, opdage nye ting, svømme i floden og ligge under træerne, dufte blomsterne, se på insekterne og finde på sjove ting at tænke på. Hvordan kan man gøre de ting, hvis man skal være en anden? Det giver slet ikke mening!"

"Jeg ved det," sagde Gordy, "men det er nogle af de ting, jeg har hørt de voksne snakke om, mens du sov. Når du sover, sniger jeg mig rundt omkring og lytter til, hvad de voksne snakker om. De ser mig ikke, så jeg kan komme rigtig tæt på og høre, hvad de kun siger til hinanden, og ikke til børnene. Og det de siger, er virkelig skræmmende."

"Hvad kan være mere skræmmende end at blive tvunget til at være ens alle sammen, og være nødt til at være anderledes, end den man virkelig er, og en af os er nødt til at gemme sig? Og hvem kan fortælle os, hvem vi skal være, når vi er de eneste, der kan vide det? Ingen har ret til at lave os om, og jeg forstår stadig ikke, hvordan de overhovedet kan gøre det."

"Jeg ved det," sagde Gordy, "det giver ingen mening, og

3

jeg ved heller ikke, hvad jeg skal tænke om det. Og når jeg hører de voksne snakke om dette her, så prøver jeg at stille dem spørgsmål, men de lytter slet ikke til mig og de opfører sig, som om jeg slet ikke er der."

"Ja, det er rigtigt, altid når jeg snakker med dig, og de voksne er der, så ser de på mig på sådan en mærkelig måde, som om der er noget de ikke forstår. De ser ikke ud til at have det så rart, og som om de ikke ved, hvad de skal sige, og heller ikke vil sige noget om, hvad det er, der ikke er rart. Det giver mig en mærkelig følelse, ligesom når de prøver at lade være med at snakke om noget, de ikke synes, jeg skal høre. Ligesom dengang før Jeremy blev født, og de ikke ville have, at jeg skulle vide noget om ham. Men det var underligt og spændende, og jeg ville gerne vide alt om det. For eksempel hvor han kom fra, hvor han var før, han kom ind i mors mave, hvorfor ingen ville snakke om det, hvad hemmeligheden var og hvorfor de ikke ville svare på mine spørgsmål?"

David lå under deres bedste træ, mens han stillede alle disse spørgsmål til Gordy. Han var forvirret. Han og Gordy havde været de bedste venner så længe, han kunne huske og havde altid talt om alting. Men det var som om de voksne havde fået problemer med at forstå det, de hviskede mere og mere og så mere og mere utilpasse ud, når han stillede spørgsmål, og de ignorerede Gordy mere og mere. Gordy virkede til at være ligeglad, faktisk fik han en slags superkræfter, han kunne tage af sted og være usynlig, og så komme tilbage og fortælle om, hvad han oplevede. Især når David sov og ikke havde brug for at tale om alting kunne Gordy tage på tur. Det var helt ok, bare de kunne blive ved

4

med at være venner for altid. Og selvfølgelig, de vidste det begge to, det ville de altid være.

Det sanseløse eksperiment

"Du har været af sted?" sagde David.

"Ja, det gør jeg ofte, når du sover. Men jeg fortæller dig altid, hvor jeg har været, når du vågner igen," svarede Gordy.

"Har jeg sovet længe denne gang? Jeg ved aldrig helt, hvornår jeg falder i søvn. Og efter jeg er begyndt i skole, så er det som om, jeg nemmere og nemmere falder i søvn."

"Ja, det har været en lang tur for mig, men jeg har haft mange eventyr og lært meget."

"Herligt, jeg glæder mig til at høre dig fortælle. Og jeg elsker det også, når jeg kan komme med dig."

"Ja, det er nogle gode eventyrture. Men kom med mig nu. Du har ikke noget pligtarbejde, du skal gøre, vel? Efter du er begyndt i skole, er der mindre og mindre af dig at få fat i, du adlyder altid en eller andens ordre, og det efterlader ikke meget af dig selv," sagde Gordy.

"Jeg bliver så nemt fanget," svarede David. Så snart en af de Store Mennesker begynder at snakke, bliver jeg hurtigt trukket af sted, og jeg bliver ikke engang klar over, at jeg er smuttet."

"Ja, jeg har godt set, at det sker, og jeg prøver at få din opmærksomhed, men de har fat i dig på en måde, der bliver stærkere og stærkere. Jeg er bange for, at på et tidspunkt kommer du slet ikke tilbage."

"Puha, det gør mig bange," sagde David, "og det værste er, at jeg ikke engang er klar over, at det sker. De Store Mennesker lærer mig, at jeg skal "være opmærksom" og når jeg er det, så er det ligesom om, jeg forsvinder, og hvis jeg ikke er det, så straffer de mig på en eller anden måde."

"Det lyder for mig som om, du betaler med dit liv og du får kun meget lidt til gengæld," sagde Gordy. "Eller som om denne "opmærksomheds-ting" er en fælde eller et fængsel, hvor du tilhører nogle andre og ikke dig selv."

"Det er et snævert sted, hvor der ikke er meget spillerum. Det føles som om, jeg bliver trukket væk, væk fra hvem jeg i virkeligheden er, og jeg bliver trænet i at være en anden, en dukke eller en kopi af det Store Menneske, der trækker i mig."

"Nå, men kom nu med mig. Der er ikke nogen i nærheden lige nu, der kan tage dig, så kom. Kom!"

Gordy tager Davids hånd og fører ham ind på en sti,

der pludselig er en sti ind i skoven. David trækker vejret dybt ind, luften er god og frisk, levende som alt der gror rundt om dem. Der er gamle træer og urter og planter, blomster og græsser, alt sammen fugtigt og friskt og levende i deres egen kerne. Davids gang bliver mere fjedrende og han mærker sin egen livsenergi igennem hele kroppen, som om hver eneste celle er vågnet. En glad latter griber dem begge to.

"Du godeste, jeg har ikke moret mig i lang tid," siger David. "Skole er sådan et alvorligt sted. Der er ingen plads til at more sig og heller ikke noget at grine ad."

"Det må være forfærdeligt," svarer Gordy. "Se, der er en abe i det der træ, og den kigger på os. Lad os gå hen og tale med ham. Hej, Abe!"

"Man kan ikke tale med dyr," siger David.

"Selvfølgelig kan man det! Kan du høre nogen, der siger, at vi ikke kan?"

"Nej, men jeg er bange for, at hvis de Store Mennesker vidste det, så ville de prøve at straffe mig."

"Nå, så er det godt, der ikke er nogen Store Mennesker her, ikke? Hej, Abe, hvordan går det i dag? Det må være sjovt at kunne klatre i træer så nemt."

Abe ser på dem begge og siger: "I kommer her ikke så tit mere. Jeg har savnet jer. Kom med mig."

Og efter den invitation befinder både David og Gordy sig oppe i træet, hvor de svinger sig mellem grenene sammen med Abe, og de nyder det rigtig meget. De føler sig frie, i stand til at gøre ting, som de ikke troede, de kunne.

"Hvor tager du os hen?" spørger David.

"Det får I at se, det får I at se," svarer Abe.

De bliver ved med at svinge fra træ til træ, og træerne bliver højere og højere. Skoven er enorm nu, og de befinder sig højt, højt oppe over jorden. Da de kigger ned, ser de en lysning i skoven og der er en kreds af dyr i lysningen. Alle dyrene kigger op på dem, som om de har ventet på deres ankomst.

De når hen til et træ i udkanten af lysningen og da Abe begynder at kravle ned, følger David og Gordy med.

Da de kommer helt ned til dyrene, er de forbløffede over, hvor store nogle af dyrene er, for de så alle sammen ret små ud helt oppe fra trætoppene.

Mest bemærkelsesværdig er en kæmpe elefant, som rækker sin snabel ud mod dem begge og blidt berører dem som en hilsen og en velkomst. Og selv om der ikke siges et ord, kan de begge mærke elefantens varme velkomst. Den næste i kredsen af dyr er en fin brun hest, fuld af energi, den fnyser og er utålmodig, klar til at gå i gang, men alligevel bliver den stående tålmodigt i kredsen. Hesten banker i jorden med sit ene forben og fnyser ad dem. Ved siden af hesten er der en stor fugl. David tror, det er en ørn, men den er større end nogen fugl, han har set før. Fuglen kigger på dem begge med et gennemborende blik, som om den kan se lige igennem deres hud og ind i deres indre. Og så er der en slange, den er helt rullet sammen og ser udspekuleret ud. Den bevæger sin tunge ud og ind, og den bevæger sig så langsomt, at de bliver usikre på, om den overhovedet bevæger sig. Og så er der et hulepindsvin, som ser på dem med sine fine perleagtige øjne, og de ved ikke, om de kan stole på den eller ej, for dens pigge ser skarpe og uforudsigelige ud. Og så er der et dyr, som ingen af dem har set før, og til at begynde med kan de heller ikke regne ud, hvad det er. Der er noget spøgelsesagtigt over det, lysende, gennemsigtigt, uvirkeligt, men meget vibrerende i dets egen tilstedeværelse, og de kan begge mærke det, selv om de dårligt kan se det, eller i hvert fald ikke rigtig placere det som et dyr blandt de dyr, de kender.

Elefant taler til dem med en dyb rumlende stemme, som de både kan mærke og høre, og den siger: "Velkommen til rådet. Vi har ventet jer." Alle dyrene enten nikker eller godkender dem på hver sin måde, og de kan begge se, at Abe har taget plads i kredsen, som et af alle dyrene, der har ventet dem.

"Vi var bange for, at vi havde mistet dig," siger Elefant, "så vi sendte Abe ud for at finde dig. Det er vigtigt, at du forstår, at du har en plads her hos os, og vi har brug for dig og du har brug for os. Uden hinanden kan ingen af os have fuld livsenergi, og livsenergien er den fineste gave fra Universet til os. Uden livsenergi er der ikke rigtig noget, der har værdi. Og vi kan ikke få fuld livsenergi uden, at du deltager her hos os, og hvad enten du forstår det eller ej, så kan du heller ikke få fuld livsenergi eller føle dig fuldt levende uden vores tilstedeværelse i dit liv. De Store Mennesker har et stykke tid nu prøvet at tage dig væk fra os. De gør det af uvidenhed, fordi de også har forladt deres indre rådgivende kreds. Og hvis de oplever nogen være i kontakt med deres fulde livsenergi, føler de sig truet, og de bruger al deres opmærksomhed på at sikre sig, at du holder os gemt og glemmer, hvem vi er."

"Men jeg forstår ikke," siger David.

"Lige nu er det ikke noget med at forstå, men at opleve os være her for dig og mærke din egen livsenergi," svarer Elefant. "Forståelse kommer senere. Sådan er det altid: forståelsen kommer altid efter oplevelsen, det kan aldrig være omvendt. Hvis forståelsen kommer før oplevelsen, så er det en falsk forståelse, noget humbug, fantasi eller noget påtaget. Det er derfor, du føler dig så fortabt i skolen, de trækker dig væk ind i en påtaget forståelse og der er intet rum for, at du kan fastholde din egen livsenergi. Først skal man stå og være i sin egen livsenergi, og så kommer alt andet ovenpå det. Hvis du prøver at stable det på en anden måde, så kan bare en lillebitte ide skabe et jordskælv og vælte det hele."

"WOW!" siger David, "nu begynder det at give mening."

I skole

Næste dag i skolen var David ligesom et andet sted. Han var ikke helt til stede i skolen. Han blev ved med at tænke på de dyr, som han havde mødt sammen med Gordy, og ind imellem var der et af dem, der talte til ham, og ind imellem et af de andre. Han blev altid overrasket, når de sagde noget, for han var ikke forberedt på det.

Og det begyndte allerede inden han var på vej til skolen. Lige så snart han var vågnet, var Elefant der og sagde meget blidt, at nu var det tid at stå op. Uden den sædvanlige larm fra vækkeuret og uden hans mors skarpe stemme til at fortælle ham, at han ville komme for sent. Det hele virkede så nemt denne morgen, og oven i købet blev han kærligt nusset af Elefants snabel, ligesom at få et varmt knus, og David havde meget nemt ved at stå op.

Faktisk plejede David altid at blive liggende i sengen

længere, især når vækkeuret vækkede ham på sin umenneskeligt larmende måde, han hadede den lyd, og slog altid ud efter uret for at bringe det til stilhed, og når hans mor så kaldte på ham, var han halvvejs på vej i søvn igen og blev vred på sin mor for ikke at lade ham sove noget længere.

Men Elefant havde været så blid med hans varme dybe stemme og hans kærlige berøring, at David kunne stå op uden anstrengelse og slukke for vækkeuret allerede inden det ringede. Han gik på badeværelset og var i gang med at børste tænder, da hans mor kiggede ind til ham og trak vejret en ekstra gang, som om hun var forbavset over at se ham. Så i stedet for at sige til ham, at han var sent på den, sagde hun blot god morgen og gik tilbage til køkkenet.

David tog tøj på. Han vidste nøjagtigt, hvilket tøj det skulle være, alt virkede så nemt. Og på sin vej ud i køkkenet mærkede han, at huset var mere stille end det plejede, på en måde mere blødt, og han havde en lettere gang. Han var også mere stille indeni, end han plejede. Og selv om han forventede, at hans mor ville sige et eller andet for at skynde på ham, så gjorde hun det ikke. I stedet kiggede hun på ham med vidt åbne øjne, gav ham et glas juice og stegte hans æg færdige. Hun lagde dem på en tallerken med toast og smør og satte det foran ham på bordet. David mærkede, at Elefant stod stille lige bagved ham og havde lagt sin snabel blødt på hans skulder. Det føltes varmt og beroligende, og David huskede, hvordan han plejede at elske at sidde på sin mors skød, da han var mindre. Men det var før Jeremy var født. Da Jeremy blev født var det som om, at huset blev overbefolket og der var ikke mere så meget plads til David. Han fik heller ikke så mange kærlige ord mere fra sine forældre.

13

Men mærkeligt nok, så var det tilstedeværelsen af Elefant i rummet, der gav ham fornemmelsen af mere plads. David bemærkede, hvor let Elefant bevægede sig rundt og hvor elegant han var. Der var ingen anstrengelse i hans bevægelser, og så snart David var færdig med sin morgenmad, begyndte Elefant at flytte på sig, og David flyttede sig med, bar sin tomme tallerken til vasken og vaskede den af i sæbevandet. Hvorfor mon hans mor så så forbavset på ham og sagde tak? Han forstod det ikke. Og så lagde hun blidt sin arm om hans skuldre og fortalte ham, at hun elskede ham. Det var så anderledes end hendes almindelige skynden på ham. Helt i ro indeni tog han nu sin skoletaske og gik ud ad døren. Elefant var med ham hele tiden, og David følte, at på en eller anden måde skaffede Elefant ham mere plads i verden.

Han var i en helt anderledes tilstand med sine tanker, da han gik til skole. Før var han tit fortravlet og irriteret over at skulle skynde sig, men i dag var Elefant ved hans side, opmærksom på alle træerne langs vejen, mens han klappede hver og et med sin snabel, så David også rørte ved hvert eneste træ, mens de gik af sted.

"Disse er dine bedsteforældre fra ældgammel tid," sagde Elefant. David blev overrasket. "Men mine bedsteforældre er døde," busede det ud af ham. "Ja, dine menneskelige bedsteforældre er nok væk, eller i en anden form, men disse træer er de første giganter på jorden, og de er stadig dine bedsteforældre. Men bliv ikke så overrasket, de er også mine bedsteforældre. Disse er de første giganter, som befolkede dette land, som bragte deres livsenergi til jorden. Det var en kæmpe rejse for dem, og de skal respekteres for, hvad de gjorde. Hvis de ikke var kommet til jorden, så ville både

14

du og jeg stadig svømme rundt i havet," sagde Elefant med et glimt i øjet og et smil. David lyttede, men var ikke sikker på, om Elefant skulle tages alvorlig eller ej.

Men på det tidspunkt var de ankommet til skolegården, og David hilste på nogle af drengene og pigerne fra sin klasse. De lagde ikke mærke til Elefant, og David sagde ikke et ord om ham, men Elefant var hele tiden til stede og lagde ind imellem sin snabel kærligt på hans skulder. David havde det anderledes i skolen med denne stærke og rolige kammerat ved sin side, og han lagde mærke til, at Elefant var meget bevidst og opmærksom på alt i skolen, på de andre elever, på pladsen, på bygningerne og rummene, men det var også tydeligt for David, at allermest var Elefant opmærksom på ham, og det føltes rigtig rart.

Gennem hele dagen følte David sig anderledes tilpas. Før følte han sig ofte rastløs, men i dag var han afslappet og rolig, og var ikke bekymret for at blive kaldt op af læreren. Men mærkeligt nok, selv om læreren tit kiggede på ham, så blev han slet ikke kaldt op. David kunne næsten sværge på, at læreren virkede bange for ham. Hele dagen stod Elefant stolt og afslappet bag ved David. Elefant så hele tiden direkte på læreren, som om han udfordrede ham. Så da klokken ringede, og det var tid til at gå hjem, kunne David dårligt forstå, at dagen allerede var gået. Han følte sig godt tilpas og meget energifyldt og helt parat til at forlade det støvede klasseværelse og gå udenfor.

På vej hjem var David fuld af spørgsmål. Men først og fremmest takkede han Elefant for at have været der for ham, fortalte ham hvor meget han holdt af ham og spurgte, om Elefant ville komme med til skolen hver dag. Elefant svarede ja, selvfølgelig ville han det, at han var der for David og bekymrede sig om ham, og at han var Davids tilstedeværelse. David vidste ikke rigtig, hvordan han skulle forstå det sidste, men han havde lært at stole på Elefant, og han vidste dybt inde, at Elefant havde gjort en kæmpe forskel denne dag i skolen. Det føltes som om, at læreren kunne mærke Elefants tilstedeværelse selv om han ikke kunne se ham. David spurgte Elefant om dette, og Elefant svarede, at læreren var en mus!

Den aften efter aftensmaden gik David tidligere i seng end han plejede. Hans mor blev forbavset, da David normalt prøvede at få lov til at blive oppe så længe, det kunne lade sig gøre. Så snart David lå i sengen, kom Gordy. Gordy og Elefant sagde nu, at det var tid at gå tilbage til lysningen og besøge kredsen af dyr igen. David blev straks fyldt af jubel.

Aftenrådet

Ikke så snart havde David lagt hovedet på puden, før han befandt sig gående sammen med Gordy på stien til skoven. Han var forbavset over, at Elefant ikke var med, da han jo havde været hos ham hele dagen. Gordy sagde, at Elefant allerede var henne ved lysningen. Han ville besøge de andre dyr, før David og Gordy ankom.

David havde på dette tidspunkt lært, at hans forældre ikke kunne se Gordy. Da han var mindre, troede han, at de kunne, fordi de spurgte til Gordy og var interesserede i, hvad David havde at fortælle om ham. Men på det seneste virkede de nærmest irriterede, når David snakkede om Gordy, så David var begyndt at sige mindre og mindre om Gordy, og når forældrene var i nærheden lod han endda som om, Gordy ikke fandtes. Han var blevet klar over, at det gjorde hans forældre nervøse, når han talte om Gordy og han ville ikke, at de skulle føle sig ubehageligt tilpas. Han

17

smilede for sig selv, da han kom til at tænke på, hvad de mon ville sige, hvis han fortalte dem om Elefant, og om at Elefant havde været med i skolen en hel dag.

De var nu tæt på lysningen, og David kunne høre dyrene tale sammen. De var kravlet tæt sammen i midten af den store plads, ivrigt i gang med at diskutere, og lagde ikke mærke til, at David og Gordy ankom. David kunne ikke finde ud af, hvad de snakkede så ivrigt om.

Pludselig var de alle samlet omkring David og begyndte at stille ham spørgsmål. Det var en underlig oplevelse for David, for indtil nu havde der aldrig været nogen, der havde været særligt interesserede i at vide noget om ham. Hans forældre og lærere plejede at være fulde af forslag til, hvad han skulle gøre og hvordan han skulle være. Det var lidt sært, for de gik til ham, som om de vidste, hvad der var godt for ham, uden nogensinde rigtig at prøve at lære ham at kende. Men dyrene var tydeligvis meget interesserede i at lære ham at kende, og David var helt sikkert meget interesseret i at lære dyrene bedre at kende.

Den første, der tog ordet, var Slange. David følte en skælven, da Slange så på ham. Det var som om Slange kunne se lige igennem ham, og David brød sig ikke om at blive set på så direkte. Det var ligesom det blik, hans mor havde, når hun så på ham med noget i tankerne, som hun ikke sagde. Der var noget lurende og ubehageligt ved det, og David kunne mærke, at han havde lyst til at trække sig væk. Men han vidste også, at han ikke kendte Slange. Så David så på Elefant, og Elefant pegede med sin snabel og sagde: "Du skal bare sige til Slange, hvad du føler." David sagde: "Slange, jeg føler mig ubehageligt tilpas, når du ser på mig. Jeg føler, du tænker, at du ved noget, som det ikke er meningen, jeg skal vide. Det er på samme måde, som min mor kan få mig til at føle". Slange smilede og sagde: "Hvorfor fortæller du det ikke til din mor, når hun får dig til at føle sådan?" David var overrasket over at høre dette, og han tænkte, at hans mor ville blive forfjamsket og utilpas, hvis han sagde det. "Aha," sagde Slange, "men det er ok, at du bliver forfjamsket og utilpas, men du må ikke få andre til at føle sådan. Er det altid sådan du gør: beskytter andre mennesker fra at føle noget, du har det ubehageligt med at føle?"

David var chokeret over det, Slange sagde. Han havde aldrig tænkt på det på den måde før. Han forstod, at han skjulte sit eget ubehag, men måske støttede han også andre i at skjule deres? Men det var også en lettelse at forstå dette, og pludselig følte han sig meget bedre tilpas sammen med Slange. Han så, at Slange smilede og sagde: "Tak, fordi du hjalp mig til at forstå det. Selv om det er mig, der har gjort det, så var jeg ikke klar over det". Slange sagde: "Det var så lidt. Det er godt at være vågen og bevidst, især om de ting, som gør os utilpasse. Og sommetider er det endda godt at tale om dem." David vidste nu, at næste gang det skete, at han følte sådan i nærheden af sin mor, så ville han tale med hende om det og så se, hvad der skete.

Nu var alle dyrene glade og opstemte. Alle omfavned David og følte, at han var midt i en gruppe af gamle venner, som virkelig kerede sig om ham. Han følte deres varme og deres støtte. Og så faldt han i en dyb og rolig søvn.

Næste morgen

Den næste morgen vågnede David ret tidligt. "Jeg er helt vågen og frisk allerede," bemærkede han til sig selv. Han smilede, veltilpas, og opdagede så, at Elefant så på ham. "Var det dig, der vækkede mig?", spurgte han Elefant, " sådan som du gjorde i går?" Elefant svarede: "Næh, du vågnede af dig selv, men måske er fordi det er tid at stå op? Måske vil du hellere være vågen end sove?"

"Ja," tænkte David ved sig selv, "det føles godt at være vågen. Og det er godt at se dig her hos mig," sagde han til Elefant. "Ja," svarede Elefant, "jeg kan også godt lide at være hos dig."

David følte sig godt tilpas og havde en levende fornemmelse i hele kroppen. "Det er godt at være i live," tænkte han. Og så sprang han ud af sengen, gik i bad og børstede sine tænder, redte sit hår og tog tøj på. Han gik hen i køkkenet. Han regnede med, at hans mor var i gang med at lave morgenmad til ham, men hun var der ikke. "Måske sover hun stadig," tænkte han. Så fik han en ide. "Jeg vil lave morgenmaden i dag." Han tog appelsinjuicen ud af køleskabet, satte tallerkner og glas på bordet, puttede toast i brødristeren, tog smør og marmelade frem, mælken og flere æsker med gryn. Det gav en god følelse at forberede morgenmaden, det havde han aldrig gjort før, og han var sikker på, at mor ville blive overrasket, når hun stod op.

Netop da kom Davids far ind i køkkenet. David blev overrasket, for indtil da havde han kun tænkt på sin mor, og havde slet ikke ventet sin far. Faren så meget mistænksomt på ham og sagde: "Hvad er det for ulykker, du har lavet, siden du er så tidligt oppe i dag?" David kunne mærke, hvordan han fik en klump i halsen, dette var slet ikke, hvad han havde regnet med. Han snublede over sine ord, og kunne slet ikke finde ud af at svare sin far.

"Nå, kom så med det!", sagde hans far, "du har gjort et eller andet galt!" David vidste slet ikke, hvad han skulle sige, farens ord var så uventede og mærkelige, selv om David godt kunne mærke, at hans far bebrejdede ham, men det var for noget, han ikke havde gjort, faktisk for noget, han aldrig ville kunne have fundet på at gøre. Men det var tydeligt, at faren mente, at David følte sig skyldig i et eller andet. David kunne mærke, at han stivnede fuldstændig ….. og så mærkede han, at Elefants snabel hvilede på hans skulder og han vendte sig og spurgte Elefant: "Hvad sker der her? Hvad skal jeg sige eller gøre?" "Træk vejret," sagde Elefant, og David opdagede, at han ikke havde trukket vejret lige siden hans far kom ind i køkkenet. David trak vejret ind og pustede langsomt ud. Så svarede han: " Jeg er ikke skyld i

21

noget. Jeg vågnede bare tidligt og ville lave morgenmaden til mor – og til dig."

Faren så på David på en måde, der gjorde David utilpas, men hurtigt opdagede David, at faren bare var overrasket over at høre David svare sig. David plejede for det meste ikke at vide, hvad han skulle sige, og oftest svarede han derfor ikke. David opdagede, at nu var det faren, der var forbavset og ham, der ikke vidste, hvad han skulle sige. Det var interessant! "Sid ned og få noget juice," sagde David til sin far, "Mor kommer nok snart."

Lige da kom moren ind i køkkenet, gav David et stort smil, og sagde: "Åh, du er tidligt oppe, du må da være ved at blive stor, i går stod du også selv op." Så så hun på sin mand og sagde: "Jamen dog, kære, du har lavet morgenmad, hvor pænt af dig." David og hans far så på hinanden, og ingen af dem sagde et ord. De spiste alle morgenmad, moren lavede kaffe, og David tog af sted for at gå i skole, noget tænksom og undrende.

Han var glad for at følges med Elefant i skole. "Elefant, jeg forstår ikke, hvorfor min far siger de ting, han siger. Han tror altid, at jeg har gjort et eller andet galt, og jeg forstår ikke hvorfor. Og i dag, han vidste, at det var mig, der havde lavet morgenmaden, men han sagde det ikke." "Det gjorde du heller ikke," sagde Elefant. "Du kunne godt have sagt til din mor, at det var dig, men det gjorde du ikke. Hvorfor ikke?"

"Det ved jeg ikke. Jeg har det tit sådan, at jeg ikke ved, hvad jeg skal sige, når min far er i nærheden. Men hvorfor sagde han ikke noget?"

Svaret fra Elefant kom noget bag på David: "Måske er han ikke den voksne!"

"Måske er han ikke den voksne?" gentog David for sig selv. "Sikke en mærkelig ide. Min far er da en voksen!"

"Han er større og ældre," sagde Elefant, "men måske er han ikke voksen indeni."

Sådan en tanke havde David aldrig haft før, og han var lidt chokeret over at høre det. Er det virkelig muligt, at mennesker kan være forskellige indeni fra, hvad der er udenpå? Og hvis faren ikke var en voksen indeni, hvad ville det så betyde?

"Elefant, hjælp mig med at forstå det. Betyder det, at indeni er han stadig en lille dreng?"

"Måske er han endda endnu yngre end dig. Hvad nu hvis han var en lille dreng, hvordan ville han så se ud? Hvordan ville han opføre sig? Hvordan opfører han sig egentlig?"

Svaret kom som et lyn: " Han opfører sig som en bølle. Han opfører sig som om, han er misundelig på mig. Han opfører sig som om, han hellere ville have, at jeg ikke var der." Alle disse tanker var mærkelige for David, men det var tanker, der kom fra ham, og de virkede fuldstændig rigtige og sande. Det var tanker, der aldrig før havde været i hans hoved, men der var noget godt ved at have dem, han følte noget lettelse, som om han nu begyndte at forstå noget af det, der før ikke havde givet mening.

"Hvad nu hvis alle mennesker har forskellige aldre indeni? Jeg kan jo kun se menneskene udenpå og så tror jeg, at det er sådan den person er, men hvad så hvis det indeni slet ikke passer med det udenpå?"

David var tavs resten af vejen hen til skolen, men indeni summede det med tanker. Det var som om, noget groede indeni ham, en ny måde at tænke på, en ny måde at forstå verden på, i hvert fald en måde, der var ny for ham. Han kiggede på Elefant, og forstod, at ingen vidste, at Elefant var der med ham, ikke hjemme, ikke i skolen, og at andre mennesker heller ikke kunne se, hvordan der var indeni ham. De så på ham, og de så kun en dreng, men indeni var der begyndt at foregå en masse interessante ting. Han måtte til at se ind i menneskers indre og ikke kun på det ydre.

David var meget spændt, da han kom helt hen til skolen.

Endnu en dag i skolen

David sad på sin plads, da en tanke slog ned i ham. Han vendte sig mod Elefant og sagde: "Elefant, det virker som om, du kender til ting og ved ting, som jeg ikke ved, eller i hvert fald ikke endnu. Hvordan kan det være?"

Elefant så blidt på David og svarede: "Ja, jeg ved ting, du ikke ved, fordi jeg er meget ældre end dig."

"Hvordan kan du være ældre end mig – er du ikke en del af mig?"

"Jo, jeg bliver levende gennem din forestillingsevne, OG jeg er en del af dig, OG jeg er meget ældre end dig. Husk på, at denne morgen hjalp jeg dig med at forstå, at det indre af mennesker er anderledes end det ydre. Og sådan er det også med dig, at dit indre er anderledes end dit ydre. Udenpå er du en dreng, 8 år gammel, og indeni er du meget,

meget gammel. Det er derfor, du har brug for mig til at hjælpe dig."

"Hvordan hjælper du mig?"

"Jeg hjælper dig til at forstå, at dine evner er meget ældre end du er. Din tænkning er ældre end dig. Desværre er det ikke sådan noget, du lærer om i skolen, men det er sandt alligevel. Faktisk, så er det et problem, at meget af det du lærer i skolen, ikke er sandt. For eksempel, så lærer du, at alt ved dig, både dit indre og dit ydre, kun er 8 år gammelt, men det er ikke sandt. Du har mange evner, som er ældgamle, og som har udviklet sig gennem mange, mange år. Det var ikke dig, der opfandt dine øjne, de blev udviklet for meget lang tid siden, og er udviklet sådan for at gøre dig i stand til at se. Og det er det samme med din tænkning, den er også ældgammel, og er hos dig for at gøre dig i stand til lære og forstå ting, men mange lærere er ikke klar over det, og tror, deres arbejde handler om at putte tanker ind i dit hoved. Men du har dine egne tanker, din egen bevidsthed, og min opgave er at hjælpe dig til at opdage disse evner, som er en helt naturlig del af dit indre."

"Men du virker så levende, så virkelig!"

"Jeg ER virkelig, jeg er levende. Og jeg er også en del af din egen virkelighed, af din egen livsenergi. Din livsenergi er ældgammel, meget, meget gammel, og en af mine opgaver er at hjælpe dig til at genkende din egen livsenergi og hjælpe dig til at vokse ind i den."

"Jeg forstår det ikke. Hvis jeg allerede har min livsenergi nu, hvordan kan jeg så vokse ind i den?"

"Tænk på, at du denne morgen opdagede, at din far

stadig ret ofte er en lille dreng indeni. Han er aldrig rigtig vokset ind i sin egen livsenergi. Han er blevet ved med at være en dreng det meste af sit liv. Det kan godt være, han gør voksen-ting, han kan køre bil, han har et arbejde, men indeni, i nogle af sine følelser, er han aldrig blevet voksen. Det er derfor, han har svært ved at være en far for dig, han er stadig en dreng, som så bliver misundelig på, at du er der. Men måske kan vi to sammen hjælpe ham med at blive voksen."

"Det kunne være spændende. Hvordan kan vi gøre det?"

"Jeg ved det ikke helt præcist," svarede Elefant, "vi må være tålmodige, vi er nødt til at kunne vente, og lige pludselig en dag vil en god måde vise sig for os."

"Hvordan vil vi vide det?" "Tro mig, vi vil kunne mærke det."

Aften

Den aften følte David sig mere levende, mere vågen og mere opmærksom, end han plejede. Han betragtede sin mor og far, iagttog, hvordan de opførte sig sammen, hvor lidt de snakkede med hinanden, især når David var i nærheden. Men hvis han forlod rummet og kom tilbage lidt senere, lagde han mærke til, at de havde talt sammen meget stille, og at de stoppede så snart, han trådte ind i rummet. Det mindede ham om tiden lige efter Jeremy døde, hvor der var en underlig stilhed, og hans forældre var meget sorgfulde og talte meget lidt.

David begyndte at blive klar over, at hans mor og far havde en relation, som han ikke vidste noget om. Der skete ting mellem dem, som ikke var synlige, når han var i nærheden. Det var ligesom en hemmelig relation, som ikke inkluderede ham. Til at begynde med blev han trist over, hvad han opdagede, for han havde troet, at de alle tre havde den samme relation. Men så dæmrede det for ham, at der faktisk var tre forskellige relationer: der var hans egen relation til moren og hans egen relation til faren, for det første. Da han indså det, så kunne han mærke, at han altid havde vidst det, men ikke havde tænkt nærmere over det. Nu forstod han, at de to havde en relation til hinanden, som var deres egen, og som ikke inkluderede ham. Efter at have forstået det, følte han sig på en mærkelig måde alene, men også lettet. Der var ting, som han ikke behøvede at være en del af, og det var ok. Faktisk var det mest en lettelse. På en speciel måde en slags frihed.

Og så pludselig var Elefant der ved siden af ham, med sit blik fast printet ind i hans. David blev overrasket.

"Og endnu en ting," sagde Elefant, "glem ikke, at du og jeg har en relation, som ingen af dine forældre er en del af, ja, faktisk ingen kan være en del af. Har du tænkt på, hvorfor det er sådan?"

David var forbavset over at høre dette spørgsmål. Og nej, han havde ikke tænkt på det. Han havde været så glad for at have mødt Elefant, og han nød sine samtaler med Elefant så meget, og de virkede så specielle, at han ikke havde fortalt nogen om dem. Selvfølgelig, Gordy vidste om det, men i mange år havde han også holdt relationen til Gordy hemmelig. Han vidste jo, at folk reagerede mærkeligt, når han snakkede om Gordy, så han var begyndt at sige mindre og mindre om ham, og efterhånden sagde han slet ingenting, selv om han elskede Gordy og vidste, at han og Gordy kunne snakke om alt. Og det var virkeligt noget, han ikke kunne gøre med andre. Bortset nu fra med Elefant.

Elefant var en særlig ven, en ven som vidste ting, David

29

ikke vidste, en stor ven, og rar. Elefant havde en helt speciel forståelse af verden, og David var klar over, at han havde meget at lære af Elefant.

"Vores relation er meget speciel," sagde David, "og jeg ved, jeg har meget at lære af dig. Jeg ved også, at der er noget grundlæggende venligt ved dig. Du kerer dig om mig på en måde, der er helt særlig, du kerer dig uden at sige det, jeg kan bare mærke det i det, du gør. Også i den måde, du er til stede på. Og i din stilhed. Og det virker til, at du kan håndtere en hvilken som helst situation. Jeg plejede at føle det sådan om min mor, men så begyndte hun at blive ligesom fjern nogen gange, og så blev hun streng på en måde, hun ikke havde været før. Der var ting, hun ikke ønskede, jeg skulle tale om, så jeg lærte at lade være med at fortælle alt, hvad jeg tænkte på. Men med dig føler jeg, at jeg kan fortælle alt, og du ville forstå, og du ville ikke sige til mig, at jeg skulle tie stille med det. Jeg har aldrig haft en ven som dig, bortset fra Gordy."

"Ja, du og Gordy har altid været særligt gode venner, og det var Gordy, som bragte mig til dig," sagde Elefant, "men der er ting, jeg kan lære dig, som Gordy ikke kan."

David blev pludselig meget nysgerrig og interesseret. "Hvad kan jeg lære af dig, som Gordy ikke kan lære mig?"

"Tjah, for det første, så kan du lære, hvordan det er at være en elefant!"

David var overrasket over dette, det havde han aldrig tænkt på, og han blev klar over, hvor lille og snæver, hans måde at tænke på var, og hvor meget der måske var, som han aldrig havde tænkt på. Og han blev meget ophidset, og spændt på alt det der var at lære.

"Hvordan kan jeg lære at være en elefant?" spurgte David fascineret.

"Meget nemt," svarede Elefant. "Du skal bare lade dig selv forlade din egen krop og komme ind i min!"

Det chokerede David. "Men jeg kan da ikke forlade min krop, det er jo den, jeg er!"

"Nej," svarede Elefant, "den er kun dit ydre. Tænk lige på denne morgen, hvor du lærte, at det indre og det ydre ikke altid er det samme. Og ingen har nogensinde lært dig om dit indre, så du har fået den ide, som mange andre mennesker også har, må jeg indrømme, at det indeni kun er noget indre af det udenpå, og at det kun er kød og ben. Men det indre er der, hvor du har brug for at vokse, og ingen kan lære dig det, du er nødt til at erfare det selv, der er kun dig til det, til at udforske det. Og det er et af de mest spændende eventyr i livet!"

Ved at høre dette var der noget, der forandrede sig i David. Det han hørte, vidste han dybt indeni sig var sandt og altid havde været sandt. Men ingen han kendte havde nogensinde sagt noget om det.

"Så, nu," sagde Elefant," lad din krop blive siddende der, hvor den er, og flyt dig tværs over rummet imellem os og ind i min krop. Så let er det."

David mærkede sig selv være i bevægelse og pludselig kunne han se sin egen krop sidde på sengen, og han bevægede sig gennem det tomme rum, eller helt tomt var det jo ikke, han var i det på en eller anden måde, så oplevede han sig selv let glide ind gennem Elefants hud og lige så pludselig var han indeni Elefant.

"Lad nu dig selv udvide dig, så du fylder hele min krop ud," fortsatte Elefant. "Mærk, hvor stor du er i min krop, mærk dine arme, dine ben i mine lemmer og fødder, mærk størrelsen af min store krop, mærk dit hoved fylde mit, se gennem mine øjne og lyt gennem mine store ører."

David kunne mærke sig selv på en forunderlig måde udvide indtil han fyldte Elefants krop helt ud.

"Mærk nu, hvordan du fylder helt ud i min snabel. Hvordan er det?"

"Åh, der er ingen ben i den," svarede David. "Den er fuldstændig fleksibel og bevægelig, og den sanser alting. Jeg kan flytte spidsen af den og røre ved ting, og den har den fineste føling med alt, hvad den rører ved. Jeg har aldrig mærket noget så intenst før. Den rækker ud og udforsker alt, hvad den vil. Den er ligesom en hånd, bare meget finere. Wow, det er sejt!"

"Prøv så at bevæge dig selv."

"Dette er en kæmpe krop, og den bevæger sig så elegant, den mærker tydeligt, hvordan den undgår at bumpe ind i ting, men den kan også bevæge sig igennem ting, som gennem en væg, når døren ikke passer til at komme igennem. Jeg har aldrig før tænkt over, hvordan du kunne komme ind i et rum, når dørene er så smalle, du gjorde det bare. Wow! Du kan gøre alt muligt, som jeg ikke kan!"

"Ja, men du kan også gøre alle disse ting, så længe du

32

ikke begrænser dig selv ved at tænke, at du kun er det ydre af din krop. Det indre kan gøre så mange ting, som det ydre ikke kan."

"Du har ret! Jeg har aldrig tænkt på, hvad mit indre kan. Jeg har altid troet, at det indre kun kunne det, som det ydre kan. Men jeg forstår nu, at jeg har taget fejl. Men hvorfor har ingen fortalt mig om det her før? Hvorfor fortalte hverken min mor eller min far eller nogen af mine lærere mig om det?"

"Måske ved de det heller ikke," svarede Elefant. "Måske tænker de også, at de kun er det ydre af deres kroppe. Måske har de aldrig undersøgt, hvem de er indeni. Måske har de alle kun lært, hvad andre har fortalt dem og aldrig udforsket for sig selv, hvad de er indeni, og hvad deres indre kan gøre."

Det chokerede David at høre dette, han opdagede, at han altid havde regnet med, at både hans mor og hans far og hans lærere vidste alt, hvad der er at vide. Nu vidste han, at der var ting, han kun kunne lære om ved selv at opdage dem, ved at udforske, hvad han kunne gøre indeni. Det var spændende, men også mærkeligt, en fuldstændig ukendt verden indeni ham. Han kunne næsten ikke vente med at gå i gang med at udforske sit indre, men pludselig var han faldet dybt i søvn.

En spændende dag

Igen vågnede David før alle andre. Mens han tog bad, mærkede han, hvor rart det var at stå op selv. Faktisk var det rigtig rart at handle på eget initiativ i stedet for at vente på, at nogen skulle fortælle ham, hvad han skulle gøre. Det fik ham til at føle sig stærk og uafhængig. Han dækkede bord og lavede morgenmad, og han følte sig varm og godt tilpas, og mærkede at han nød at se sine forældres ansigter, når de kom ind i køkkenet og så, at morgenmaden var klar. Og nu var han forberedt på sin fars pudsige kommentarer. Han tænkte, at han denne morgen ville prøve at se indefra sit eget indre, om han kunne se, hvor gammel hans far var i sit indre.

David følte pludselig noget blødt røre sin skulder, og han vidste, at Elefant var der hos ham. "Hej, Elefant," sag-de David, "Jeg blev overrasket i går aftes over, hvor meget plads der er indeni dig. Du ser så tung og solid ud på ydersiden, men indeni er du ligesom et åbent rum, og du kunne bevæge dig så let og uden anstrengelse. Og det var som om du svævede ligegyldigt, hvor du gik, elegant og flydende."

"Hvis du kunne opleve din egen tilstedeværelse og bevægelse," svarede Elefant, "så ville du se, at du er ligesådan, men i stedet tænker du hele tiden, at du er din krop. Desværre er det en vane, de fleste mennesker ser ud til at have udviklet: at tænke mere end at være."

Det overraskede David at høre dette. Han var ikke klar over, at han brugte det meste af sin vågne tid på at tænke, og at det forstyrrede ham i at være. "Hvordan kan jeg komme af med den vane?" spurgte David.

"Ved at huske din oplevelse af at være i mig, hjælper det dig til at vende tilbage til din oplevelse af dig selv. At mærke dit eget store rum i din væren vil hjælpe dig til at bryde den dårlige vane med altid at tænke, og derved kan du opleve det flydende i dine egne bevægelser. Oplevelse er meget mere basalt end tænkning."

"Men er det da ikke godt at tænke? I skolen lærer vi, at vi altid skal tænke, før vi taler og før vi gør noget."

"At tænke er godt til nogen ting, men det må ikke komme i stedet for at opleve," svarede Elefant.

Netop da kom moren ind i køkkenet, og der kom et smil på hendes ansigt og et glimt i hendes øjne. "Hvor er det dejligt, at du har lavet morgenmad," sagde hun, "det er tredje gang i denne uge. Tre dage i træk. Hvor er du en dejlig søn. Du aner ikke, hvor meget det løfter min dag at begynde sådan her."

David smilede til hende og sagde god morgen.

Og lige da kom hans far ind i køkkenet. Han så streng ud og uden antydning af et smil. Både mor og David sagde god morgen til ham, men han svarede ikke. David kunne mærke en hårdhed i sin far. "Jeg vil stadigvæk vide, hvad der foregår her," sagde faren. "Hvorfor lader du som om, du er en god søn? Hvad er det du har lavet, som du forsøger at dække over?"

I stedet for at blive irriteret over farens ord, så David bare på ham, og han vidste, at Elefants snabel lå på hans skulder. Da David lod sig selv opleve det indre af sin far i stedet for at tænke noget om ham eller reagere automatisk på hans ord, kunne David pludselig se en lille vred dreng på omkring fire år. Faktisk åbenbarede sig et helt sceneri for Davids indre blik, ligesom en drøm. Men David var klar over, at det var farens drøm, en drøm han konstant bar rundt på i sine følelser. Mon faren vidste, at han gik med denne drøm? Måske var det ligesom Davids egen konstante tænkning, noget han først lige havde opdaget denne morgen med Elefants hjælp. Måske var det denne drøm, der forhindrede faren i at mærke David rigtigt. I drømmen så David, at der også var et andet barn, en baby, en dreng, farens nye lillebror. Indtil nu havde faren været den eneste, nu var der en mere, en bror, som farens forældre nu gav mere opmærksomhed end til faren. Faren var vred og misundelig og følte, at en fremmed havde taget hans plads hos forældrene. David forstod, at faren havde oplevet David som om, han var den lillebror, og derfor var misundelig og følte, at David tog farens plads hos hans kone. Alt dette kom til David som et lyn, og pludselig mærkede David stor medfølelse med den lille dreng på fire år, som faren stadig var i sin drømmeverden.

"Hej, Hubie!" hørte David pludselig sig selv sige, og var chokeret over at høre det. Faren blev også chokeret og stod bare der med munden åben. Han havde gjort sig klar til at sige noget, men intet kom ud af hans mund. Moren havde pludselig et kæmpestort smil på sine læber, et af disse smil, hvor man kan se alle tænderne, og hun sagde til faren:" God morgen, kæreste. Det navn har du ikke hørt i lang tid, har du?" Og hun lo og lo, da hun satte sig ved bordet. Faren, på en måde overvældet, satte sig også ned. Straks hældte David appelsinjuice op til dem begge og tilbød dem toast. Hele stemningen havde skiftet.

Senere, på vej til skole, spurgte David Elefant: "Hvad skete der her til morgen? Jeg ved ikke, hvor navnet Hubie kom fra, jeg havde virkelig ikke tænkt på at sige det, faktisk vidste jeg slet ikke, at jeg ville sige det."

Hubie var farens kælenavn som dreng og David havde hørt det sagt en gang før, men havde aldrig selv sagt det.

"Det var vidunderligt," svarede Elefant, "og det rystede din far, så han kom ud af sin sædvanlige trang til at angribe. Forstår du, du talte uden at bruge din tænkning først, og det var perfekt. Hele stemningen skiftede."

"Men hvor kom det fra? Det rystede også mig! Jeg aner ikke, hvordan jeg fandt på det navn!"

"Du fandt ikke på det, det fandt dig," svarede Elefant. "Det var en viden, som lå dybere i dig end du kunne have tænkt dig til. Og det reddede øjeblikket ved at tilføre en helt anden energi end den stemning, din far plejer at gå rundt med."

"Jeg så noget!" sagde David. "Jeg så far som en lille dreng, misundelig på sin nye lillebror og vred over at miste sine forældres opmærksomhed. Det var ligesom en drøm, en følelsesdrøm som han er i, især når han ser mig. Jeg forstod noget om ham, som jeg aldrig har vidst før!"

David var begejstret over at indse dette og forstod Elefants forklaring om, at oplevelse er dybere end at tænke. Han var opstemt hele dagen i skolen, og var meget opmærksom ikke kun på, hvad der foregik omkring ham, men også hvad der foregik indeni ham.

Kirken er indgangen

Det er søndag morgen. David vågnede tidligt, som det nu var blevet hans vane. Igen lavede han morgenmad til sine forældre, og der var en varme, da de alle spiste sammen. Bagefter skulle de alle tre i kirke. Det er første gang efter at David har mødt Elefant, og han tænkte på, om Elefant mon ville komme i kirken sammen med dem. Han havde mange spørgsmål at stille Elefant, for der var så mange ting om kirken, som han ikke forstod, og han følte, at Elefant ville kunne afsløre nogle kloge svar.

Faren havde været noget dæmpet lige siden David spontant havde kaldt ham Hubie. Faktisk, så havde faren opført sig lidt som om, han var lidt bange for David. David kunne ikke forstå hvorfor. Det havde altid været sådan, at David havde set op til sin far og på en måde gerne villet være som ham.

De klædte sig på i deres bedste tøj, og da de steg ud af bilen og gik op mod kirken, hilste de på andre familier på vejen, og David så nogle af sine skolekammerater med deres forældre. David havde lært, at man skal være stille i kirken og ikke stille spørgsmål, selv om han havde rigtig mange. Da de havde sat sig på kirkebænken, så David, at Elefant sad lige ved siden af ham, selv om han ikke havde lagt mærke til, at han var med på vej derhen. Så nu kunne David tale med Elefant på samme måde som han kunne med Gordy og de andre dyr, uden at nogen kunne høre ham. Han vidste ikke helt, hvordan han gjorde det, det skete bare. Han sagde hej til Elefant og fortalte ham, at han var glad for at han var der. Elefant lagde blidt sin snabel på Davids skulder. Det fik altid David til at føle sig varm og opmærksom.

"Jeg forstår ikke kirken," sagde David til Elefant. "Der er så mange regler, og det føles som et sted, hvor det ikke er meningen at man skal være fuldt levende. Mine forældre virker altid til at blive ophidsede, når jeg stiller spørgsmål efter kirken, og vi føler os alle ubehageligt tilpas."

"Det er et sted, hvor folk ikke taler sammen," svarede Elefant, "men det er et rigtigt godt sted at lytte. Jeg mener ikke lytte til præsten, han er tit kedelig og får folk til at falde i søvn, men her i kirken er det et godt sted at lytte indad. Mange tror, at det kun er et sted, hvor man skal adlyde, men i virkeligheden er det et sted, hvor du kan komme til at kende dig selv indeni. Men dem der ikke kender til sit indre, kan misforstå kirken som et sted, der styrer og kontrollerer det ydre."

"Aha," sagde David, "jeg begynder at forstå. Der er aldrig nogen, der har lært mig noget om mit indre, eller om at gå på eventyr ind i mine egne oplevelser, så jeg troede, at jeg bare skulle sidde stille som alle andre."

"Ja," sagde Elefant, "men du kan også se dig omkring og iagttage og lære noget om at sidde stille. De fleste tror, at det er meningen, de bare skal lytte til præsten. Og selvfølgelig kan de gøre det, hvis de vil, men de kan også bare lytte til sig selv og deres indre. Det er min forståelse af, hvad kirken i virkeligheden drejer sig om. Men hvis folk ikke ved, at de har et indre, og at det indre er forskelligt fra det ydre, så bliver de forvirrede. Prøv at se dig omkring. De fleste folk her ser ud til at kede sig eller have lukket sig ned eller som om de ikke rigtigt har lyst til at være her. Det er dem, der ikke ved, at de har et indre, og at her er et sted, hvor det indre kan komme virkeligt til live. Men hvis man ved, at man har et indre, så er det lige her, at man kan lære livfuldt indefra. Her kan du udforske og gå på eventyr og lære ud fra, hvem du er."

David blev mere og mere interesseret og nysgerrig, jo mere han lyttede til Elefant. Og han kunne mærke sprudlen af liv i hele sin krop. "Men hvad med alt det her om Jesus," spurgte han Elefant. "Jeg har forstået, at han var en god mand, som blev dræbt af romerne, og han kom tilbage til livet. Men når man er død, kommer man ikke tilbage til livet igen, og hvorfor ville romerne dræbe sådan en god mand?"

"Tjah," sagde Elefant, "hvis man kun ser på det ydre af den fortælling, og det ER en fortælling, er det ikke? – så er det måske i virkeligheden meget ligesom dig. Måske har fortællingen et indre. Og måske er det indre det vigtigste. Og måske bliver det indre tit overset, ligesom du har lært at overse dit indre. Og ved du, selv om du overser noget,

41

så forsvinder det jo ikke, det betyder bare, at du ikke er opmærksom på det. Og opmærksomhed er mere vigtig end penge. Det er derfor vi så ofte viser det, men sjældent får penge ud af det. Men hvis du ved, hvad det er værd at være opmærksom, så kan der til gengæld være en stor belønning i det."

David forstod ikke helt, hvad Elefant mente, men han var nysgerrig efter at høre om det indre af fortællingen om Jesus. "Fortæl mig om det indre i den fortælling," bad David.

"Jo," fortsatte Elefant, " alle fortællinger har et indre og et ydre. Og det indre er den mest livskraftige del. Men mange ved det ikke. Det er derfor skolen lader dig lære om det ydre og aldrig nævner det indre. Og måske er det indre af en fortælling meget ligesom dit eget indre. Dit eget indre er fuldt af følelser og nysgerrighed og livskraft og længsel efter at udforske. Og forestillinger! Glem aldrig evnen til at forestille sig ting. Det er jo der, hvor du og jeg mødes, for eksempel. Og forestillinger er meget mere levende end det ydre."

"Så måske er fortællingen om Jesus i virkeligheden fortællingen om forestillingsevnen. Den er kun god, og den bevæger sig til utraditionelle steder, og den kan ikke kontrolleres af nogen regering. En regering ønsker, at folk adlyder og betaler skat og gør, hvad regeringen bestemmer, men regeringer ved ikke noget om folks forestillingsevner. Faktisk, så opfører regeringer sig som om, de ikke selv har nogen forestillingsevne, og ikke engang ved, hvad det er. De er så fokuserede på regler og på, at folk følger disse regler."

"Ja, det er ligesom i skolen," sagde David.

"Desværre ja. Så, i fortællingen om Jesus kommer den romerske regering og lader forestillingsevnen lide, gør den latterlig og betydningsløs og dræber den. Men forestillingsevnen vil ikke dø! Den vender tilbage til livet. Og alle er forbavsede, da den gør det. Og de forstår pludselig, at forestillingsevnen er noget helligt, noget Gud har givet os i en hensigt, og vi skal ære den og lytte til den, ikke som lydige robotter, men med nysgerrighed, interesse og spørgsmål. Forestillingsevnen er Guds barn! Og hvis vi bare ville elske den, så vil den elske os tilbage. Men folk behandler den oftest med foragt og prøver at kontrollere den, og det lider den frygteligt under."

David sad meget stille, forbløffet over at høre alt dette, og han vidste, at han havde lært noget stort. Hvis alle fortællinger har et indre, så er det den mest vigtige del, den mest levende del, den kreative del. Og det ydre er ligesom det tøj, vi har på, det er indpakning, men ikke det mest vigtige. David vidste, at hvad han lige havde lært af Elefant var en af hemmelighederne om livskraften. Han forstod, at mange mennesker bar rundt på døde fortællinger, eller fortællinger der aldrig blev forstået fra deres indre. Og pludselig forstod han, at hans egen far bar rundt på en død fortælling, og at det var det, han havde set, da han så en 4-årig lille dreng indeni sin far. Hans egen far bar rundt på en død fortælling og forvekslede den med en reel fortælling, en levende fortælling, men han havde aldrig set på det indre af den fortælling. Og måske var navnet Hubie nøglen til døren, der ledte ind til det indre af den fortælling.

På vejen hjem

På vejen hjem var det som om Davids måde at tænke på udvidede sig i nogle retninger, som den aldrig havde gjort før. Han var begyndt at forstå, at skolen var meget ligesom den romerske regering, med dens regler om at adlyde, men ikke rigtig i stand til at anerkende, at børn, eller mennesker, har et indre, og at det indre var det mest livskraftige ved personen. Og han oplevede også, hvordan hans eget indre var ved at komme til live igen, efter at han i årevis havde troet, at han skulle adlyde en voksen, ligegyldigt hvad denne befalede. Noget i ham havde altid vidst, at det ikke var rigtigt sådan, men de voksne havde altid skældt ham ud eller truet ham, eller endda straffet ham, hvis han ikke havde adlydt dem. Han forstod, at der var en viden dybt inde i sig, som eksisterede i sig selv uden at være tillært gennem andre; den viden var der bare, men for det meste havde han ignoreret den. Og han forstod også, at det var vanskeligt for

44

de voksne at lytte til børns indre, men at børn genkendte det hos hinanden.

Mens de kørte hjem, besluttede David, at han ville prøve noget. Han sagde: "Far, hvordan fik du egentlig navnet Hubie, da du var dreng?" Faren skulede, da David stillede spørgsmålet og virkede irriteret.

"Hvordan vidste du, at jeg blev kaldt Hubie? Jeg kan ikke lide det navn. Jeg har aldrig kunnet lide det!"

"Det lyder som om navnet sårer dig," sagde David spontant uden at vide, hvorfor han sagde det.

Faren skulede endnu mere og så meget vred ud, han blev rød og opsvulmet på halsen, og David forstod, at der var noget i farens indre, der var ved at vågne op, og det var noget meget, meget vredt.

Mor sagde, næsten i panik:" Skal vi ikke stoppe ved restauranten og få frokost? De har altid sådan en god frokost. Husker du, kære? Vi plejede altid at stoppe her, før David blev født."

Faren trak ind på parkeringspladsen ved siden af restauranten, og virkede nærmest lettet over at have noget andet at fokusere på, end at svare på Davids spørgsmål. De stod alle ud af bilen og gik mod restauranten, og David blev klar over, at moren prøvede at styre deres snak i en anden retning. Hun ville også gerne have deres samtale i en anden retning. David kunne se, at der foregik noget mystisk, men han vidste ikke hvad eller hvorfor. Og han kunne også se, at dette ikke var tidspunktet at presse på med spørgsmålet, men at give tid og plads, selv om han ikke vidste, hvordan han kunne vide det.

De sad sammen i en bås og tjeneren kom med spise-sedlen. David vidste allerede, hvad han ville bestille. Han elskede French Toast og mor lavede det meget sjældent hjemme, men både mor og far syntes ikke at kunne beslutte sig og læste hele spisesedlen igennem. David indså, at de prøvede at fokusere på noget andet end det spørgsmål, han havde stillet i bilen og alligevel stod spørgsmålet stadigvæk imellem dem, stille og dog meget larmende. David sagde: "French toast og et glas mælk, tak," da tjeneren kom. Hans forældre tøvede lidt, og bestilte så begge Scrambled Eggs, pølse, toast og kaffe. Af en eller anden grund spekulerede David på, om det virkelig var, hvad hans mor ønskede, eller om hun bestilte det for at vise enighed med faren. Der var noget meget mærkeligt ved den stilhed, der var imellem dem nu her ved bordet.

David mærkede en underlig bevægelse i sin opmærk-somhed, og han forstod, at han var på vej i en retning, han aldrig havde været før. Han vidste, at hans eget indre var mere modent end hans fars. Mens han kiggede på faren, kunne han se, at den lille 4-årige dreng kæmpede for at rumme sig selv og så ud til at være lige ved at græde, men også ophidset og vred. Så David besluttede at tale direkte til ham i stedet for til faren. "Et eller andet sårede dig meget alvorligt, da du var 4 år," sagde David, uden at vide hvordan faren ville svare, men vel vidende at han måske ville blive voldsomt vred.

Faren prøvede at undgå at se på David og der var tårer i hans øjne. David lagde sin hånd på farens arm og sagde: "Det er ovre nu, det var lang tid siden, og det vil være godt at tale om det, selv om du aldrig har talt om det før."

Både moren og faren så chokerede ud, ude af stand til at forstå, hvordan deres søn kunne vide sådanne ting, men også klar over, at hvad han sagde, var sandt.

Pludselig begyndte faren at græde, noget David aldrig havde set ham gøre.

"Det var ikke min skyld, at han døde! JEG SKUBBE-DE HAM IKKE! Jeg prøvede at holde ham, at trække ham tilbage, men ingen troede på mig, alle sagde, at jeg skubbede ham! Det sidste han sagde til mig, var "Hubie, hold mig, træk mig op!" Men jeg var ikke stærk nok. Jeg skulle have været stærkere, men det var jeg ikke, og han faldt og hans hoved ramte en sten. Alle troede jeg havde skubbet han, men det gjorde jeg ikke, jeg prøvede at redde ham. Jeg skulle have været stærkere. Jeg kunne ikke holde ham! Jeg kunne ikke holde ham!"

Faren græd stille nu. David havde sin hånd på farens ene arm og moren havde sin hånd på den anden arm, og de græd begge to med faren. David kunne pludselig se, at dette var skylden, skylden i den drøm, faren altid bar på og som han ofte bebrejdede David.

Lige så hurtigt som det var begyndt, var det ovre igen, og der var kommet noget lyst imellem dem, noget der aldrig havde været der før. De forstod alle, at noget meget vigtigt var blevet udløst. Tjeneren kom med deres mad, og de spiste alle sammen som om de var ved at dø af sult.

Rum

Efter denne fascinerende søndag med sine forældre, var David ret stille. Han syntes at være i dybe tanker, ikke fordi han tænkte på noget bestemt, men mere i gang med at lade tanker falde på plads på deres egen måde i sit sind. Der var sket så meget på så kort tid, og det så ud til at falde på plads af sig selv uden at David behøvede at gøre noget særligt for det. I hjemmet var der varme og hygge, begge hans forældre virkede mere til at være venner end forældre og til at forstå, at David havde sin egen måde at tænke og være på. De forstod, at det ikke var deres job at presse ham til at være en anden person end den han var i sig selv. Og de forstod, at de kunne lære David at kende, men at de måtte respektere hans egen væren og opmærksomhed.

Og Davids far var helt anderledes nu, det virkede som om han havde mere plads indeni, og han kunne give David plads, var holdt op med at mase sig ind på David, og forældrene udviklede en ny måde at være tætte på, en nærhed og omsorg, der var meget dejlig at se.

Skolen var stadigvæk underlig for David. Det meste af tiden virkede det til at være spild af tid, og frustreret oplevede David, at hans opmærksomhed hele tiden flød i sin egen retning. Lærerne opførte sig som chefer, der ville have kontrol og forventede lydighed, de holdt sammen, levede ligesom på en anden planet, så langt væk fra elevernes verden, med en barriere, der slet ikke behøvede at være der. Selvfølgelig mærkede eleverne dette tydeligt, og de lænede sig mod hinanden, delte hemmeligheder og udelukkede således alle lærerne. Det var så forskelligt fra den relation, David havde til Elefant, hvor der var en gensidig omsorg og venlighed, en åbenhed for spørgsmål og tilladelse til at svar kunne gå i alle retninger. Ikke som med lærerne, hvor svar var forudsagt i forvejen på alle de spørgsmål de stillede. Og Elefant tog altid alle Davids spørgsmål alvorligt, hvorimod spørgsmål til lærerne altid blev behandlet mere som noget, der kom i vejen for undervisningen. Men den mest fascinerende opdagelse, David havde gjort, var at forstå forskellen på at lære og at undervise. Elefant havde fortalt, at lærerne tit kom i vejen for læring, fordi de troede de skulle undervise, mens de i virkeligheden var der for at hjælpe børnene til at lære. Og hvad de end gjorde for at børnene kunne lære var på sin vis godt, men ofte kom de altså selv i vejen for, at det kunne ske, fordi de ikke kendte forskel på læring og undervisning.

David fandt hurtigt ud af, at han elskede at lære, og at han ofte var frustreret over sine lærere. Lærerne behandlede ham ofte som om, han forstyrrede undervisningen. Elefant forklarede ham, at de ikke var så meget i gang med at undervise, men mere i gang med at kræve lydighed. Men Elefant havde også hjulpet ham til at lære, at han kunne lære alle vegne, og at skolen ikke var det eneste sted at lære noget. Verden er din lærer, sagde Elefant, og den bedste lærer er ofte uventet. Siden at undervise er blevet et job, så er læring blevet gjort betydningsløst. Det vigtigste for en lærer er ikke at miste sit job, og læring er kommet på andenpladsen.

Men det vigtigste David havde lært af Elefant var om rumlighed. Siden den allerførste gang, Elefant havde inviteret David ind i ham, for at han kunne lære, hvordan det er at være en elefant, havde Elefant inviteret David mange gange. "Læg mærke til, hvordan det er at bevæge sig som en elefant," foreslog Elefant. Når David som elefant bevægede sig rundt enten i værelset eller ud af døre, var han bevidst om sin store størrelse og om, at en elefants krop er bevidst om sig selv, så den aldrig bumper ind i ting og aldrig vælter noget, og at den flytter sig blidt og aldrig med bratte bevægelser. David lærte at mærke, at der er plads rundt om Elefant, som også er en del af Elefants bevidsthed og opmærksomhed. Dette var meget svært at forklare og finde ord for. David beskrev det som en glød, der altid skinner, og ligegyldigt hvor Elefant flyttede sig hen, så flyttede gløden, skinnet med. Men det var et køligt skin, en glød med visdom i, med opmærksomhed i, som en slags lytten, der ikke behøvede lyd for at ske. Det var som om Elefants hud kunne se på en måde, kunne se alt omkring sig og brugte dette syn, når den skulle bevæge sig, sådan at den altid vidste præcis, hvor den var og hvad der var rundt om den, og aldrig stødte ind i noget uden at ville det.

Elefant forklarede det til David sådan her: "Rummet rundt om dig er en del af, hvem du er," sagde Elefant, " og

50

det flytter sig med dig, når du flytter dig. Men da de fleste mennesker lærer at tænke over, hvem de er, mere end at være bevidst, vågen og opmærksom på, hvem de er, så har de lært at ignorere rummet omkring dem, fordi det synes usynligt. Mennesker har ikke rigtigt noget sprog for dette rum, som er en del af dem. Og da elefanter ikke tænker verden til at være virkelig, men oplever den direkte, så har de ikke brug for ord, og så er ord ikke så forvirrende. Men elefanter kan se menneskers forvirring over deres ord, eller mangel på ord. Ord afskærer mennesker fra en vågen opmærksomhed, som er mere fundamental end ord. Skolen burde handle om at opleve vågen opmærksomhed mere end bare at lære flere og flere ord. Men du kan rette dette ved at lade din vågne opmærksomhed komme først, før ord, lade den få plads, den plads der nødvendigvis er dens egen. Når du går i skole om morgenen, så lad også opmærksomheden gå, ikke kun din krop. Når du sidder i klasseværelset, så lad også din opmærksomhed være der, ikke kun din krop. Når læreren stiller dig spørgsmål, så lad også din opmærksomhed omfavne spørgsmålet, ikke kun din tænkning. Tillad din krop at blive opblødt af mysteriet ved den vågne opmærksomhed, og lad være med at tænke, at du skal pinde det ud i ord.

David lyttede og mærkede, hvordan det svimlede i hans hoved. Han havde ikke engang forstået alt dette, hvordan i alverden skulle han så kunne huske det.

"Åh, du skal ikke huske det," sagde Elefant. "Det er bare mere tænkning. Lige nu skal du bare være opmærksom på åndedrættet i rummet omkring dig. Se, hvor simpelt det er. Selvfølgelig, hvis du havde en snabel som min, ville det være lettere for dig at være bevidst om den. Men se på det på denne måde: min snabel er som en lang arm, ligesom en af dine hænder, og jeg ånder igennem den. Så forestil dig, at du ånder igennem begge dine hænder og arme. Kan du mærke, hvor anderledes de føles, når du gør det?"

"Ja, det føles som om mine hænder og arme er lettere, og det er meget tydeligere for mig, hvor i rummet de er," svarede David.

"Forestil dig nu, at hele din krop indånder rummet omkring dig, hele din hud. For det er faktisk det, den gør, den bruger bare dine lunger til at gøre det. Men, faktisk, så ånder hver eneste celle i din krop. Hvis ikke cellen gør det, så dør den. Så forestil dig, at hver celle ånder direkte."

"Ja, ja! Rummet er der! Bare helt naturligt sådan!" udbrød David.

"Der ser du," sagde Elefant. "Så længe du ånder, behøver du ikke anstrenge dig for at huske så meget. Så, vær opmærksom på dit åndedræt, og lad hukommelse passe sig selv. Den vil være klar, når du har brug for det."

Hele dagen, når han sad på sin plads i skolen, åndede David igennem hver eneste celle i sin krop. Og han mærkede en dyb ro, en afslappet tilstedeværelse, og var meget mere vågen og opmærksom overfor alt, hvad der skete i rummet omkring sig. Han indså, at han kunne mærke alle de andre elever i klassen, og han kunne mærke læreren, ikke med sine hænder og berøring, men med sine følelser. Når han åndede med hele sin krop, rakte følelserne helt ud og berørte alt omkring ham. Fra da af ændrede verden sig fuldstændig for David. Han prøvede at finde ord for det, men der var ikke nogen. Eller ikke nogen der kunne bruges, for verden var blevet levende, meget mere levende end nogensinde før. Og han følte en dyb fred. Det var som om, han var hjemme i sig selv. Og der var godt. Og fantastisk levende.

Spørgsmål

Lige siden hændelsen med faren på restauranten havde David ventet på at spørge Elefant mere om det. Men Elefant syntes med vilje at undgå situationer, hvor de kunne komme til at diskutere det. Til sidst kom dagen, hvor David ikke kunne vente længere, så han sagde til Elefant: "Lad os gå et eller andet sted hen, hvor vi kan tale. Der er ting, jeg virkelig gerne vil vide fra dig." Elefant smilede bredt, så direkte på David og sagde: "Ja, det har bygget op i dig et stykke tid, så måske er du moden nu."

David blev forbavset over at høre dette. Han havde aldrig tænkt om sig selv som moden eller ikke moden. "Hvad mener du? Moden?", spurgte han Elefant.

"Tjah, et væsen, ethvert væsen, har perioder, hvor væksten er under forberedelse. Og så kommer tidspunktet, hvor forberedelsen topper, og væsenet er modent til at lære, eller forandre sig eller vokse. Ligesom der er et tidspunkt, hvor et æble er præcist modent nok til at blive spist, helt perfekt, og hvis man plukker det inden da, så er det stadig lidt surt, og hvis man plukker det efter dette tidspunkt, så vil æblet være overmodent. Der er altså perfekte tidspunkter for vækst, det er som en passage, der pludselig dukker op, og man er klar til at gå igennem og være på et nyt sted. Det er der, du er lige nu med dit spørgsmål: du er moden."

David forstod, hvad Elefant mente. Der var noget i ham, der netop nu var klar, klar til at tale, til at lytte og høre, modtagelig for at lære noget, han ikke før havde vidst, og at udsætte det ville være at forpasse det perfekte tidspunkt. Han var moden og han vidste det. Dette at vide det, med sikkerhed, var en af de ting, Elefant havde hjulpet ham med at lære. Han vidste med sig selv, hvornår noget var rigtigt, og kun han kunne vide det, for det havde noget at gøre med, hvem han var.

"Siden du nu ved, at jeg er moden, så ved du vel også, hvad det er for et spørgsmål, jeg har," sagde David.

"Ja, måske, men alligevel vil det være godt for dig at stille spørgsmålet. At stille spørgsmål hjælper til at fokusere din egen parathed. Det er det sidste trin i din modenhed," sagde Elefant med et smil.

"Spørgsmålet er om min far, der bærer denne drøm om sin yngre bror. Han må have båret den siden det skete, og fordi han bar på den, så kunne han ikke se, hvad der foregik omkring ham, han kunne kun se drømmen og opførte sig, som om jeg var en del af drømmen, selv om jeg ikke var det. Mit spørgsmål er, hvorfor gjorde han det? Gør alle det? Bærer jeg også rundt på en drøm, som jeg ser verden igennem? Gør min mor? Gør du? Og hvad skete der i restauranten som bragte drømmen til hvile?"

"Du er fuld af spørgsmål, og det er gode spørgsmål. Når nogen bærer på en drøm, som de ser verden igennem, så er det meget svært at tale med dem, fordi de tænker, at det er verden. Man kan sige, at det er et sted, hvor personen sidder fast."

"Sidder fast? Du mener ligesom en bil, der sidder fast i mudder?"

"Ja," svarede Elefant. "Når en bil sidder fast i mudder, vil hjulene dreje og dreje uden at komme nogen vegne, den bliver bare på stedet med snurrende hjul. Så der er meget arbejde, men ingen bevægelse. Mennesker sidder fast på samme måde. De arbejder og arbejder men kommer ingen vegne."

"Men hvorfor sker det overhovedet, at mennesker kommer til at sidde fast?" Davids spørgsmål var meget intenst.

"Mennesker kommer ofte til at sidde fast der, hvor de igennem deres liv er blevet sårede," svarede Elefant. "Fastlåstheden viser os, hvor deres hjul bare snurrer og snurrer. Men de kan ikke selv se, at deres hjul bare snurrer. De ser, at de samme ting sker igen og igen, men uden at indse, at de selv skaber, at det sker. Nogle menneskers liv er så fulde af hjul, der snurrer, at der ikke er plads til noget som helst andet, og de bliver på en alvorlig måde afskåret fra øjeblikkets virkelighed. Hvert øjeblik har sin egen virkelighed. Hvert øjeblik er friskt og nyt, hvert øjeblik har aldrig været der før, og et menneske, der ikke er låst fast, ser det nye og det spændende ved, at verden altid er ny og spændende.

Men fordi mennesket er så uopmærksomt på, hvor let dets børn kan såres, bærer det mange sår med sig og er derfor sjældent vågent for øjeblikkets friskhed."

"Okay," sagde David. "Hvordan blev min far så fastlåst?"

"Da hans bror døde i ulykken, følte din far sig fuldstændig ansvarlig for hans død. Følelserne var ekstremt stærke. Og ikke til at bære. Og måske var der ikke nogen omkring ham, der kunne hjælpe ham til at tale om det, til at forstå og sympatisere med hans følelser, at hjælpe ham til at vide, at han ikke var alene i sin sorg, hjælpe ham til at sige farvel til broren, udtrykke sit savn efter ham, og hvordan han følte skyld selv om det ikke var hans, hjælpe ham til at komme igennem det frygtelige øjeblik, så han kunne lægge det bag sig hvor det hørte til, og derved komme videre ind i det nye øjeblik, også selv om det nye øjeblik var fuldt af rester af følelser og spørgsmål. Måske har din far aldrig haft nogen, han kunne stille spørgsmål til. Måske vidste hans egne forældre ikke, hvordan de skulle tale om deres søns død. Måske bebrejdede de virkelig Hubie for det. Hvad der er klart, er at han aldrig har talt med dig om det, og måske heller aldrig med din mor. Han har båret disse følelser om det som en virkelighed, han har mærket hver eneste dag, og han havde brug for at få det vendt til den fortælling, det skulle have været dengang. Forstår du, mennesket har glemt, hvordan man fortæller historier, og så forveksler de, hvad der skulle have været en fortælling med, hvad der er øjeblikkets virkelighed. Og det er ærgerligt, for hvis der er noget mennesket er god til, så er det at fortælle historier. Men de har problemer med at skelne mellem deres historier, og hvad der foregår lige nu. Og deres historier omhandler mest det ydre af ting. Og hvis de kun ser det ydre af ting, så ser de heller aldrig deres eget indre, og så snurrer deres hjul på grund af uvidenhed, på grund af at de ignorerer hovedparten af, hvem de er."

"Men snurrende hjul er ikke kun dårligt," fortsætter Elefant. "Snurrende hjul er et budskab, hvis bare man lytter. Snurrende hjul er en indkaldelse, en invitation, en passage mod heling og vækst mod at blive et helt væsen. De fleste dyr har ingen vanskeligheder med at blive et helt væsen, vejen er tydelig, den naturlige verden guider dem i den rigtige retning. Men mennesker har forladt den naturlige verden, og er kommet til at leve i en verden hovedsageligt lavet af mennesker. De har formet deres egen lille klub, hvor de tænker, at det de siger, er virkeligheden. Og de har vævet på dette ord "virkelighed" så længe, at de er blevet foldet ind i det, og så har udelukket sig selv fra den naturlige verden. De tror, at verdenen af menneskelig interaktion er hele verden, og sådan er de kommet til at ignorere den virkelighed, hvorfra de oprindeligt kom, og som de vil vende tilbage til, når de dør. De kunne vende tilbage lige nu, men for at kunne gøre det, må de indse, at den verden de taler om med hinanden, blot er deres egen opfindelse."

Undergrundens maskineri

Davids snak med Elefant efterlod ham ... man kan ikke sige forvirret, for der var ting, som nu var meget klarere end før, ... og man kan heller ikke sige perpleks, ... det var mere som om han nu både havde flere spørgsmål og færre spørgsmål ... men de var ikke til stede i hans sind på samme måde, som spørgsmål normalt var. Hans sind syntes at være travlt beskæftiget på en måde, han ikke kunne begribe. Det føltes som om, der foregik arbejde nede i undergrunden. Ligesom når arbejdshold arbejdede på kloakrørene under gaden, og du kunne høre maskiner, der arbejder, men du kunne ikke se, hvor arbejdet præcist foregår. David kunne mærke noget arbejde i ham, men han vidste ikke, hvad det var, eller hvad det var om.

Hvad end det nu var, så var det i Davids tanker hele vejen hjem fra skole. Da han kom ind ad døren hjemme, blev han forbavset over, at begge forældre var hjemme allerede.

Faren plejede ikke at komme hjem før lige til aftensmaden, og moren var somme tider ude at handle eller på besøg, når David kom hjem fra skole, men her var de, lige nu og lige her, siddende i sofaen, mens de holdt hinanden i hånden. Det var virkelig usædvanligt, og David kunne mærke, at de havde talt om noget, som de stoppede med, så snart han kom ind. Han stirrede bare på dem og vidste ikke, hvad han skulle sige. Og de sad bare der i en mærkelig stilhed, som om han havde afbrudt noget, de havde talt om, og som de ikke ønskede, han skulle høre. Det var en akavet situation, og ingen ville være den første til at sige noget.

"Far, hvorfor er du hjemme så tidligt?" sagde David endelig, selv om han var opmærksom på, at der var noget andet, han ville vide. Han ville virkelig gerne høre, hvad de havde talt om, som åbenbart var hemmeligt. Moren og faren så på ham begge to, og så begyndte de at tale samtidig, og hurtigt stoppede de begge to igen og hver især ventede de på, at den anden ville fortsætte, og pludselig startede de i munden på hinanden. David lo. Det ændrede på stemningen og forældrene lo nu også og kiggede på hinanden.

"David, vi har en vidunderlig nyhed," begyndte hans mor. "Du skal have en lillebror eller søster!"

David vidste ikke, hvad han skulle sige. Det var en overraskelse! Af alt i verden var dette det sidste, han havde ventet. Hans forældre virkede meget glade, eller i hvert fald mor gjorde. Far virkede lidt usikker.

"Wau! Det er en overraskelse," sagde David. "Hvornår kommer den lille bror eller søster? Og hvem kommer med ham eller hende?" David så med stor spænding på begge sine forældre, men far så endnu mere usikker ud nu og mor virkede lidt pinligt berørt.

Så sagde mor: "Åh, babyen vil ikke være her før til sommer, vi har masser af tid til at blive klar."

"Nåh, så det er en baby! Men hvornår kommer broren eller søsteren så?" spurgte David.

Flere spørgsmål og få svar

Måske var det fordi David boede alene med sine foræl-
dre og kun mødte andre børn i skolen, at man kunne sige
om ham, at han var … ja, hvad? Tilbagetrukket? Nej, han
var ikke tilbagetrukket, han havde en intens interesse i, hvad
der foregik rundt omkring ham. Naiv? Tjah, der var veje
i livet, som han ikke rigtigt vidste så meget om og aldrig
havde søgt særligt meget. David var vågent opmærksom og
vaks, men sandheden var at han normalt fulgte, hvad hans
forældre talte om, og var der emner, de undgik, så undgik
David dem også, om end ikke af de samme grunde. David
havde lært mere eller mindre at følge sine forældres styring
og samtale om det, de samtalte om. Og de havde aldrig før
talt om at få babyer! Jo, de havde talt om, da de bragte David
hjem fra hospitalet, da han var baby, men David havde bare
tænkt, at man tog på hospitalet ligesom man tager i super-
markedet og henter det, man vil og bringer det til kassen.

Han følte sig elsket og givet omsorg, næret og plejet og han nød at spille spil, men han havde aldrig før tænkt over, om hans forældre lukkede noget ude af deres egen verden. Han havde troet, at det var fint at følge deres vej, og det var ikke før nu, hvor han var begyndt at lægge mærke til sin fars underlige opførsel mod sig, som at beskylde ham for ting, han ikke havde gjort, påstå at David havde følelser, han ikke havde, og – som David havde opdaget, reageret mod David ud fra sin egen drøm, som han havde båret siden han var dreng, og Elefant, der havde hjulpet David til at forstå, at det var som en skorpe over et sår, som aldrig ville hele, indtil den frokost på restauranten, hvor David havde spurgt ham om Hubie og faren havde grædt for første gang og fortalt historien om, hvordan han havde følt sig ansvarlig for sin brors død, at David var begyndt at forstå, at der var noget i deres måde at være sammen på, som der aldrig var stillet spørgsmål til eller undersøgt. Som et usynligt lag i et farsbrød, som de havde spist hver dag, men som David aldrig før havde set, og så opdage, at han havde spist dette løbende uden at vide det, og nu pludselig kunne se det, hjalp ham til at begynde at stille spørgsmål. Hvad vidste han egentlig? Hvad var virkelig virkeligt, hvis der var ting i verden som han aldrig havde set eller tænkt på? Og hvad hvis det også var ting, som hans forældre aldrig talte om, og måske endda undgik med vilje?

Og så blev David pludselig klar over, at der var ting indeni ham, som han aldrig talte om til nogen. Og det var STORE ting, som for eksempel Elefant, som sagde at han var meget gammel, ældre end David, og som vidste ting, David ikke vidste. David blev pludselig klar over, at han selv havde lag, som var usynlige for andre! Men de var ikke usynlige for ham selv. Havde alle sådanne lag? Og hvorfor holder man dem skjult? Holder dem hemmelige? Hvorfor taler ingen om det til andre? Og hvordan var det forbundet til, at mor og far skal have en ny baby? David opdagede, at der var et fuldstændigt nyt område af energi i ham, af nysgerrighed og interesse, af at have spørgsmål efter spørgsmål, et område der fascinerede ham dybt, og det

var tydeligt, at han ikke havde noget andet valg end at følge denne energi, og at lade den lede ham, selv om han ikke vidste hvorhen.

En ny og dybere vej

David var begyndt at forstå, at hvis det var sådan, at folk ikke afslører særlige aspekter af sig selv til hinanden, og især voksne overfor børn, ligesom han heller ikke afslørede eksistensen af Elefant eller nu af Gordy, så var han nødt til at udforske og stille spørgsmål på en anden måde. Men selvfølgelig, han kunne altid spørge Elefant. Elefant havde allerede fortalt ham ting, som han ikke kunne vide eller lære på anden måde, men der måtte være andre veje, og han ville være nødt til at søge for at opdage dem.

Han kunne mærke noget ske dybt indeni ham. Der var ingen ord for følelsen, men den omfattede en viden, en orientering, en retning, og David kunne føle sig trukket i af denne retning og ind i det. Han kendte ikke målet, dets endepunkt, men det var lige meget. Han vidste, han måtte have tillid, faktisk havde han aldrig haft så meget tillid til noget i sit liv, og det gik op for ham, at indtil nu var retning oftest kommet fra det ydre, fra andre, en anden der syntes at vide bedre end ham, hvad han skulle gøre, men dette var anderledes, meget, meget anderledes! Dette var ikke et skub fra noget udenfor, eller fra en anden, men et skub, en indkaldelse, et træk fra dybt inde i ham selv. Og han vidste, det var rigtigt, han havde aldrig vidst noget så sikkert i sit liv. Og dog var der ingen måde, han kunne fortælle nogen anden om det, der var ingen ord for det, ingen vejskilte, eller pile der udpeger vejen. Der var en så dyb sikkerhedsfølelse i dette træk, at der ikke var plads til tvivl. David vidste, at der vil kunne komme tvivl undervejs, men de ville være ubetydelige, og de ville endda også være som vejskilte, positive eller negative, visende den rette vej.

David følte sig vidunderligt tilpas, bedre end han nogensinde før havde følt sig. Hans livskraft udsprang nu fra et nyt niveau og med sådan en dyb sikkerhed, at han følte, han aldrig før havde haft sine fødder så solidt plantet på jorden.

Konsultation hos Elefant

Det første, David gjorde, var at fortælle Elefant om sit nye fokus, sin nye interesse. Elefant hvilede sin snabel blidt men fast på Davids skulder, og så dybt ind i Davids øjne. Elefant var så tæt på, at David kun kunne se på et af Elefants øjne ad gangen, og han følte en dyb tristhed, som at kende til smerte og vanskeligheder, men også en blivende trofasthed, en soliditet som han altid følte ved Elefants fødder på jorden, og der var også noget, som han havde stort besvær med at sætte ord på, og det var den ene gang, hvor Elefant begyndte at bevæge sig i en retning, hvor intet kunne stoppe eller afskrække ham. David indså, at alle disse følelser også var hans egne, det var ikke kun en viden om, hvad der ventede ham i den nye retning, men også dimensioner af ham selv.

”Jeg ved ikke, hvor jeg skal begynde at lede, eller hvor jeg skal gå hen,” sagde David, ”men det første skridt er allerede taget et sted indeni mig. Og siden de nu har været der hele mit liv, og før det, så ved jeg, at jeg vil begynde med at stille mine forældre nogle spørgsmål. Jeg ved, at deres svar måske ikke er sikre fakta, måske endda undvigende, måske måder at undgå at fortælle mig noget, som de ved, men ikke ønsker, jeg skal vide, ligesom jeg heller aldrig siger noget om Elefant, selv om jeg somme tider siger noget, du har fortalt mig. Så jeg må søge og føle bagved deres svar, eller endda manglende svar, og forstå, at alle svar, også løgne og falske svar, også viser noget viden."

"David," sagde Elefant med en lysende varme i sine øjne, "jeg har aldrig hørt dig sige så lang og kompliceret sætning, som den du lige delte med mig!"

David nikkede, han var overrasket over at høre sig selv. Han vidste også, at denne nye viden var en del af hans sti og hans vej.

At stille spørgsmål

Som det nu var blevet Davids vane, så vågnede han næste morgen tidligere end sine forældre, gik i bad og tog tøj på, og gik så stille som muligt ned i køkkenet for ikke at vække sine forældre, inden de var parate til at stå op. Her blev han overrasket, det var som om køkkenet på en eller anden måde var forandret. Intet var lavet om, alt var på sin plads som sædvanligt, men rummet virkede anderledes, som et andet rum, mere flydende eller mere til stede. Han blev bevidst om rummet som et væsen i sig selv, som en ting, som noget med bevægelse, der forandrede sig, når han bevægede sig rundt, som noget levende. Og han blev klar over, at det spejlede noget, der var forandret i ham, en udvidet bevidsthed, en bevidsthed der nu var levende mere end statisk, som bevægede sig når han bevægede sig, og som fyldte rummet omkring ham med nærhed.

Mens han dækkede bordet, så han pludselig noget ud af

øjenkrogen, det var mere en følelse end en bevægelse, og da han kiggede efter kom hans mor ind i rummet.

"God morgen, mor," sagde han.

"God morgen, David," svarede moren og kom over og gav ham et knus. Han mærkede en varme fra hende, som han aldrig havde mærket før, eller var det bare en lille smule varmere omfavnelse, et lille fint skift, en tilstedeværelse, en måde han bare ikke havde bemærket før, eller måske var det bare nyt nu for første gang. Moren hjalp ham med at dække bordet færdigt, og de satte sig begge ned, inden faren kom.

Igen mærkede David noget bevæge sig tæt ved døren netop lige før faren kom ind, og han forstod, at dette var noget nyt, sådan som han tydeligt mærkede noget lige inden, hans mor kom ind i køkkenet. Da de alle sad ved morgen-bordet, følte David det, som om han fyldte køkkenet, eller som om noget i ham var vokset, var større nu, eller som … han opdagede, at han ledte efter ord til at beskrive, hvad han mærkede, og at han ikke kendte ordene for, hvad han oplevede. Det var en væren større end ord kunne beskrive, større i skønhed end der var ord … eller var det bare fordi, han ikke endnu havde lært de ord, han behøvede for at beskrive det, eller begge dele? Som han sad der med sine forældre, forstod han, at der ikke var meget, han kunne sige, han kunne ikke fortælle dem om sine nyligt oplevede erfa-ringer, fordi han ikke havde ordene for det, eller havde ikke gamle ord der kunne bruges på en ny måde, men da han kig-gede på dem, gik det op for ham, at de alligevel var optaget af deres eget. De var slet ikke klar over, at noget var ander-ledes, hver af hans forældre syntes at være optaget, eller i en puppe af en slags, eller spekulerede over deres egne tanker og sager. Og at disse sager ikke indbefattede ham ... eller gjorde de? Var der noget om ham inden i deres tanker, som de undgik? Var der noget om David, som hans forældre burde have talt med ham om og ikke gjorde? Var det ikke præcis det, han opdagede i går, at der var overvejelser, som folk havde svært ved at tale om, eller ikke ønskede at tale om af en eller anden grund? Det eneste, David kunne gøre, var at iagttage det faktum, at der lige nu her ved køkkenbordet manglede noget i det, de talte om, og det var det, de mest havde brug for at tale om. Men hvad var det? Dette fravær fyldte David med nysgerrighed, med fascination, nærmest med en følelse af at være detektiv. Kunne fraværet selv mon fortælle ham, hvad det var om?

David besluttede sig for at lave et lille eksperiment; han ville sige noget om det direkte til sine forældre: "Hvad er det, der er så hemmeligt?" spurgte han dem. "Hvorfor taler I ikke om det?"

Begge forældre så forbløffede ud, så på hinanden og så på David. "Hv-hva-hvad – hemmeligt? Hvad mener du?" spurgte hans far.

"Jeg ved ikke, hvad du mener," sagde også hans mor, "hvad snakker du om?"

David var ikke forbavset over denne benægtelse, men han morede sig over, hvor hurtigt hans forældre havde reageret. De så nu begge forvirrede og skyldige ud. "Nåh, jeg undrede mig bare over, hvorfor I begge er så stille her til morgen," sagde han til dem.

Forældrene begyndte begge straks nervøst at pjatte over toasten, over morgenen, over maden, hvor godt det

71

var, at David lavede maden hver morgen, ja, over alt hvad der var at kommentere på ved bordet, men uden at se på hinanden.

David morede sig lidt, og han begyndte at forstå de kræfter, han havde, og hvordan han kunne styre forældrenes opmærksomhed, men han blev også ramt af tristhed over den afstand, han følte mellem sig og sine forældre, og han vidste, at det var hans vågne bevidsthed, der var nøglen til dette. Han forstod også, han var nødt til at være blid og ikke give skyld til andre med denne nye kraft. Og med tristhed forstod han også, at han var vokset længere end begge sine forældre.

Men David kendte også til, hvordan han hurtigt kunne beskytte sig, når han blev spurgt om noget, som han ikke ønskede at afsløre. For eksempel, hvis han var i gang med at tale med Elefant og nogen spurgte ham, hvad han lavede, så ville han straks give sig til at snakke om noget i omgivelserne og blive meget travl med at svare på den måde, for han havde aldrig fortalt nogen om Elefants eksistens. Han ville ikke have nogen til at stille spørgsmål om Elefant, eller se mærkeligt på ham, som de tidligere gjorde hver gang, han nævnte Gordy. Men for det meste havde han ladet dem tro, at Gordy var en ven, bare ikke en ven, der mødte ham i hans forestillinger.

Mobning

David følte sig dårligt tilpas over at se på sine forældre på denne måde. Han vidste, at de var fysisk ældre end ham, og at de havde sørget for mad og tøj til ham, sørget for et hjem til ham, og – på deres egen måde, elskede ham. Men han vidste også, at det var ved at være på tide at stoppe med at adlyde dem blindt. Han vidste, at han måtte leve livet på sin egen måde, og det betød, at han måtte begynde at give plads til sin egen viden og tillade den at gro og vokse sammen med ham, mere end bare at kopiere og efterligne sine forældres viden, eller en lærers viden. Tiden var nu inde til primært at tage ansvar for sin egen læring, sin egen vækst, sin egen måde at forstå på og sin egen måde at være til stede i verden på.

David forstod på et dybt sted inde i sig selv, at det at følge sin egen vej ikke er det samme som ikke at elske sine forældre, men at elske dem og adlyde dem, ligegyldigt hvad de sagde, var to forskellige ting, og han var ved at lære at kende og se forskellen på dem. Faktisk, så forstod han på en dyb måde, at kærlighed til forældrene var at være sig selv, at stole på sig selv, at forfølge sin egen vækst og udvikling, og hvis han gjorde det, så ville han gro til at være det menneske, han i sandhed var ment til at være, og hvis han gjorde det, så ville det være den eneste måde at elske sine forældre så fuldt som muligt. I virkeligheden ønskede hans forældre ikke en robot, en automat, en som blindt adlød uden at tænke selv. Han vidste ting, selv om han ikke vidste, hvordan han vidste dem, og en af dem var, at hver generation var tænkt til at skulle gro til hele mennesker, og at gøre det var virkelig at elske de forældre, der til at begynde med havde elsket og næret ham.

Han var fuld af disse tanker, da han gik i skole, og pludselig mærkede han Elefants snabel blidt hvile på sin skulder. Han mærkede, at Elefant havde været hos ham hele tiden og havde observeret alt, hvad der var foregået i løbet af morgenen. Han mærkede et ryk i kroppen af glæde, og han udstødte et stort suk, da han lagde sin egen arm om Elefants snabel og de fulgtes sådan ad til skolen.

"Jeg har mere end nogensinde brug for din støtte nu," sagde David, "og jeg vil elske at høre, hvad du har lagt mærke til om alt det, der sket. Du er min bedste ven, og jeg elsker dine råd."

"Som du netop opdagede," svarede Elefant, "så var jeg der, jeg har været hos dig hele vejen, og der er ting, som du er nødt til selv at gøre. Det er sådan tillid vokser."

"Men jeg tror ikke, mine forældre ville forstå mig på det

punkt," svarede David, "og jeg vil ikke såre dem på nogen måde."

"At leve dit eget liv er ikke at såre dine forældre," sagde Elefant tilbage, "med mindre de synes, at du skal gøre det anderledes, men så er problemet ikke hos dig, men i deres måde at tænke på. Det er sandt, at de har et andet billede af dig, end du selv har, men sådan er det for alle. Hvis deres ideer om dig er forskellige fra, hvem du er, så er det bare sådan. Tanker er noget andet end eksistens, sådan er det i alt, og det har aldrig været meningen, at de skulle være det samme. Forstår du, tænkning er som at fortælle en historie, og den historie forandrer sig, efterhånden som vi gror, bliver ældre, får nye erfaringer og lærer nye ting. Man kan oven i købet sige, at historien løber hele tiden, mens den prøver at nå frem på højde med vore oplevelser, med vores liv, vore eventyr. Men den kan kun være fuldstændig på højde med os, hvis den er bevidst om, at den kommer til at stå i vejen for os, hvis den vil styre og bestemme trafikken. Den er nemlig ikke den eneste måde vi har at få viden på. Faktisk er det vores nyeste måde at få viden på, tænkning. Og fordi den er ny, så er den på mange måder som et barn, der prøver at opdage sig selv og som er meget uvillig til at bede om hjælp."

"Jamen, så er min egen tænkning måske forkert," busede det ud af David.

"Det er muligt," svarede Elefant, "men din tænkning har mig til hjælp, og jeg er meget dybere og meget ældre end tænkning. Hvis bare alle ville søge hjælp hos de dyr, der er livskraften inden i alle, så ville tænkning ikke kunne komme til at gøre så dumme ting, som den nogen gange gør."

75

Det fascinerede David at høre dette, og han lyttede intenst til, hvad Elefant fortalte ham. "Folk bliver lidt dumme af at tænke, at de er levende."

"Men er folk ikke levende?" spurgte David forvirret.

"Folk er levende, men ikke fordi de tænker. Deres livskraft er meget dybere end deres tænkning. Og deres livskraft kan hjælpe deres tænkning med at lære og at gro. Men folk blev uvidende og dumme, da de begyndte at tænke, at de kun er levende, fordi de tænker. Og så prøver de at skubbe tænkning ned under livskraften og at gøre tænkning ansvarlig for at styre livskraften, mere end at lytte til den og anerkende den som en fin fortæller, hvis job det er at fortælle historier om de eventyr, folk oplever, og så lade livskraften lede dem ud i verden."

"Men lærerne fortæller os, at vi skal gå i skole for at lære at tænke!" David næsten skriger det ud til Elefant.

"Desværre, der tager de fejl. Du skulle hellere bruge din tid til læring end til tænkning, for læring er meget større og dybere end tænkning. Og for at lære har du ikke brug for skolen, eller i det mindste ikke nær så meget af den, som du er tvunget til. Og gennem det meste af skoledagen er det ikke rigtig læring, der foregår, men meget mere lydighed, bare at gøre hvad læreren siger, og så lide under lærerens kritik, hvis du ikke adlyder, for ellers sender han dig op til en over ham, der gør det samme. Så skoledagen er fyldt til bristepunktet med lydighed og at udholde kritik, men meget lidt læring. Lærerne er for manges vedkommende bare nogen, der mobber."

"Skolen er for størstedelen spild af liv og den forvrænger også dit forhold til voksne, fordi de egentlig skulle deltage i at hjælpe dig til at lære. En lærers største ansvar, hvis han eller hun er en sand lærer, er at hjælpe dig til at forstå, hvordan du lærer, men derfor må de først og fremmest vide det selv, og alt for mange ved det ikke. Læring skulle foregå gennem respekt for din egen bevidsthed og vågenhed og ved at lade den lede dig ind i din egen vækst og læring, men klasseværelset har udviklet sig mere til et bur, der modarbejder din læring mere end at støtte den."

David var mundlam ved at høre alt dette. Han var rystet. Og han var klar over, at han aldrig mere ville kunne se på skolen som før.

Læring

"Jeg er bange for, at jeg ikke kan klare det," sagde David.

"Hør dig selv! Hvis du starter med angst, så vil du aldrig komme nogen vegne. Hvis du starter med impulsen til at gøre det, så starter du, og så vil du lære hen ad vejen, og det bliver gjort! Det kan godt være, det ikke bliver helt som du forestillede dig i første omgang, men ting vil ske, og du vil lære!" Elefant var helt ubøjelig.

Og David hørte ham. David så, at en af hans første reaktioner var angst, og Elefant havde lært ham, at det var nok ikke det bedste udgangspunkt. Måske var det bare at gå i gang, ligegyldigt med hvad, og så var der i det mindste en bevægelse, men angst var en tilbagetrækning fra verden, og at trække sig tilbage uden først at prøve var ikke en god start. Så med denne forståelse følte David et sug af energi og en skøn følelse indeni, og han sagde til Elefant: "Ok, jeg gør det. Jeg dropper skolen!"

"Brug lige et minut på at forstå, hvad du lige har gjort! Du har taget en beslutning, og det er en positiv følelse, og du er begyndt. Du ved måske ikke hvordan, du ved måske ikke hvor og hvornår, og du har ikke droppet læring, faktisk er din virkelige læring lige ved at begynde, men du er stoppet med at være en lydig robot i et system, der ikke har din læring som sin første prioritet. Og du er en, der lærer! Hvis der er noget, du elsker, så er det at lære. Det er derfor, du har været så fascineret af at iagttage dine forældre, og finde døren til den drøm, som din far levede i, og uden du vidste, hvordan du gjorde det, så hjalp du ham til at åbne døren og gå igennem den, og du har mig som følgesvend hele tiden, mens du går ad din sti!" Elefant var fornøjet.

David kunne se, hvor fornøjet han var, og David lagde også mærke til, at Elefant var lettere på fødderne, mere svævende i sin gang, mere elegant; elegant som kun en elefant kan være det. Og han mærkede, at han også selv var lettere, han følte det som om en tung vægt var løftet af hans skuldre, og han var fuld af spænding som aldrig før i sit liv. Han var klar over, at skolen var blevet så meget rutine, så kedelig, så fuld af gentagelser, at han var kommet til at tænke på den med gru. Han vidste nu, at skolen faktisk var blevet den mest rædselsfulde del af sit liv, og han mærkede nu, at livet føltes som et eventyr, som noget friskt og spændende, og hele hans krop føltes forfrisket og ny. Han ville droppe skolen! Beslutningen var taget og det var det første skridt. Og nu ville læringen begynde. Han følte, at han ville komme til at lære med hele sin krop, ikke bare sin tænkning og sine ord, og hans krop var fuld af spænding. Hans krop har behov for at bevæge sig, at løbe, at hoppe rundt, og ikke bare sidde stille ved at bord i flere timer hver dag. Det var ikke livskraft, men fremtvunget lydighed!

Afsked

Den aften hjemme følte David sig vidunderligt let, han bevægede sig uden besvær, han var fabelagtigt vågen, og han syntes, han kunne se hver af sine forældre indhyllet i, ligesom omgærdet af membraner, flere membraner rundt om hver af dem, og at det var membranerne der styrede og afgrænsede hver af forældrenes bevægelser. Hver af forældrene bar ligesom et bur af energi rundt om sig, og buret syntes at virke både som beskyttelse og som begrænsning. David så, at han selv ikke havde et bur, og hans tænkning og bevægelighed var meget mere fri. Men uden et bur var han derfor i stand til at se og opdage de bure, hans forældre levede i. Men hans forældre kunne ikke se deres egne bure, og de kunne heller ikke se, at David ikke havde et. Denne blindhed var en del af deres indespærring, og den begrænsede også deres intelligens og vågenhed, og David så tydeligt, hvorfor han ikke bare var nødt til at droppe skolen, men også var nødt til at forlade hjemmet.

Forlade hjemmet! Han havde ikke forstillet sig at skulle forlade sit hjem. Hvor skulle han dog tage hen? Hvad skulle han gøre? Hvordan skulle han overleve? Han ville savne sine forældre, og de ville både savne ham og have mærkelige tanker om ham, tanker om at han ikke kan lide dem, tanker om at ville bringe ham tilbage, måske endda med magt, måske med politi og regering. David kunne mærke, at det var en kæmpe udfordring. At droppe skolen var ingenting sammenlignet med at skulle forlade forældrene, sit hjem, at rejse væk.

Først, så var der hans ansvar overfor forældrene. To mennesker, som havde elsket ham og givet ham omsorg, og to mennesker, som også han havde hjulpet. Han ville ikke have, at de skulle blive sårede, og dog vidste han, at det ville de blive. Han vidste også, at der ikke fandtes en måde at få dem til at forstå hans afsked, og hvis han forberedte dem på sin afsked, så ville de straks gøre alt, hvad de kunne for at forhindre det. Han vidste også, at hvis han forlod dem uden at sige det, så ville de lede efter ham. Hvis han efterlod dem et brev, så ville de lede og lede, de ville måske endda tro, han var blevet kidnappet eller overtalt af en eller anden. Var det helt umuligt at få dem til at forstå, at det var hans egen beslutning? Og kunne de ikke komme til at have tillid til ham? Nej, de ville tænke, han var for ung, og de ville føle sig fuldstændig ansvarlige. Og de ville også føle sig fulde af fejl. David forstod, at sådanne tanker var dele af de bure, de begge levede i, og at det ville være burene, der ville præge dem til at reagere og begrænse deres forståelse.

Den nat, alene på sit værelse, fortalte David Elefant om sine tanker, sine følelser og sine bekymringer.

"Ja," sagde Elefant, "dette er et kæmpe skridt i din vækst. At skelne mellem dit ansvar for andre og dit ansvar for dig selv. At forstå hvordan du er afhængig af andre og andre er afhængig af dig. Og hvor denne afhængighed udvikler sig til kontrol og blind lydighed, og hvor den leder til fordybelse og vækst? Hvor er der kærlighed og hvornår forandrer kærlighed sig til krav? Kan du elske nogen og så stadig tilfredsstille dit eget behov for frihed til at være i vækst og udvikle dig fuldt ud til den person, du er? Hvad er forbindelsen mellem at elske og at give slip?"

David sov uroligt. Han havde en drøm om at glide ned ad en glat skrænt ned i en rivende flod, der trak ham med. En følelse af panik væltede ind over ham, da det mærkedes som om, han var ved at drukne. Han kunne ikke se, hvad der var foran ham. Han kunne høre en voldsom brølen fra et vandfald og vidste, at han blev trukket imod det. Han kæmpede vildt, i begyndelsen ved at prøve at svømme imod strømmen, men den var alt for stærk. Han blev ved med at blive trukket ned, og var hele tiden usikker på, om han ville komme op til overfladen igen. Gispende efter vejret blev han klar over, at vandfaldet var lige foran ham, og den ene-ste fornuftige ting, han kunne gøre, var at lade strømmen bære ham og at have tillid til floden. Vandfaldet var blidt og han landede i et stort bassin. Han flød bare på vandet og så, at han var omgivet af en utrolig fredfyldt skov. Da han så sig omkring, så han et utal af dyr, der iagttog ham fra bredderne af bassinet. Han mærkede en dyb tilknytning til dem og forstod, at de var hans nye familie.

Bedstefar

Som sædvanlig vågnede David tidlig næste morgen, forberedte morgenmad til sine forældre, hilste dem, da de kom, og så skyndte han sig i skole.

Han var spændt, han følte sig fuld af en særlig energi, og vidste på en eller anden måde, at denne dag ville blive en speciel dag, skønt han endnu ikke vidste hvordan. Han blev overrumplet, da han kom til skolen, ved at se en lille mand stå og vente på sig. Manden var gammel, havde en smuk glød med et bredt hvidt skæg og dybe, gennemborende øjne, som syntes at se direkte ind i David. David havde aldrig set ham før, men han følte, at han kendte ham. Og ikke bare det, han følte, at han altid havde kendt denne gamle mand. Den gamle mand hilste ham ved navn.

"Jeg har ventet på dig. Vi er nødt til at gå op og snakke med inspektøren." David var ikke sikker på, om den gamle mand havde sagt det, eller om David bare havde hørt det, men David fulgte virkelig med ham, da den gamle mand gik direkte mod inspektørens kontor. Den gamle mand bevægede sig velkendt rundt på skolen, selv om David var sikker på, at han aldrig havde været der før. Da manden gik ind på kontoret uden at banke på, fulgte David efter. Inspektøren så straks op, så blussede hans ansigt, og han rejste sig op. David kunne ikke følge med i, hvad der blev sagt. Der var et fint lys i rummet og den lille gamle mand syntes at være større, end David først havde set. David kunne huske små bidder af samtalen, men den virkede usammenhængende, tydeligt og præcist udtalt med en gennemborende kraft i. Det syntes som om, det ramte lige ind i inspektøren, der stod forbløffet og bare lyttede. Regeringens specialråd for særlige elever, kun de bedste skoler, normale men fremtrædende elever, instrueret i at informere forældrene, regeringens respektfulde anmodning. Disse var nogle af de sætninger, som David huskede at have hørt. Så viste den gamle mand med en bevægelse, at de skulle af sted og de gik ud af inspektørens kontor, ud af skolen, og de steg begge ind i en lille grå folkevogn. David lagde mærke til, at den havde nummerplader fra British Columbia. Alt dette skete så hurtigt, at David ikke havde tid til et eneste spørgsmål.

Den gamle mand vendte sig mod David og sagde: "Du kan kalde mig Bedstefar. Du er nødt til at skrive et brev til dine forældre, sig ikke for meget, men lad dem vide, at du har det godt, og at du vil skrive til dem igen senere. Når vi passerer igennem byen kan du poste det." David var så fuld af spørgsmål, at han ikke engang vidste, hvor han skulle begynde. Så han skrev brevet. Konvolutten var allerede klar med adressen, og den så meget officiel ud, med et brevhoved med teksten "Regeringskontor". Davids tænkning var fuldstændig forvirret, tanker stødte ind i hinanden, hvirvlede rundt i forsøget på at få mening i det hele, men selv om hans tænkning ikke kunne finde retning, så følte David, at den gamle mands tilstedeværelse var som et smukt, varmt lys. Pludselig huskede David: jeg kan spørge min elefant! Elefant var til stede med et smil på læben. Han så bare på David og sagde: "Du er på vej!"

Rejsen

De stoppede i byen, og David puttede brevet i post-kasse. Frimærket var allerede sat på. Tilbage i folkevognen var han endelig faldet så meget til ro, at han kunne begynde at stille spørgsmål. "Hvem er du, og hvordan kunne du komme frem lige på det helt rigtige tidspunkt? Jeg forstår ikke, hvad der skete på inspektørens kontor. Hvordan kan det være, du har regeringens papir med dig og allerede gjort det klar til at sende til mine forældre? Og hvor skal vi hen?"

"Så mange spørgsmål! Så mange spørgsmål!" svarede den gamle mand. "Som jeg sagde, du kan kalde mig Bed-stefar. I landsbyen hørte vi dig kalde, og jeg besluttede at komme og hente dig for at spare dig tid, og for at du kan lære, mens vi rejser tilbage."

"Men jeg kaldte ikke på nogen landsby! Hvilken lands-by taler du om? Hvordan kender du til mig?"

"Så mange spørgsmål!" svarede Bedstefar. "Verden er ikke sådan, som du har lært at tænke om den, det er bare din tænkning, og tænkning har sine begrænsninger. Så du må ikke forveksle din tænkning med virkeligheden. Det er ikke det samme. Tænkning er kun en mulig historie, som vi kan fortælle hinanden. Og som du kan se, så passer din tænkning overhovedet ikke til, hvad du har oplevet denne morgen. Så lad dine oplevelser være større end din tænkning, og lad være med at prøve at få dine oplevelser til at passe ind i, hvad du allerede tænker. Tænkning er som regel lidt bagud. Desværre er der kulturer, der tænker, at det er nødvendigt med fuldt overlæg at konstruere tænkning ind i børn, så al tænkning tilnærmelsesvis bliver ens. Men dette ødelægger den naturligt enestående livskraft i hvert barn, og børn bliver som robotter, klar til at lave lyde på ordre, og alle lydene skal passe sammen, og hele den spændende ukendte fremtid er således lagt ud som tog på spor. Hvad er det spændende ved det? Vi vidste, at du var på et unikt sted på din vej, og at hvis du ikke blev reddet, så ville du blive til en robot som alle de andre, så alting kom til at passe sammen på det helt rigtige tidspunkt.

Jeg kommer fra en kultur, som ikke har adskilt sig selv fra livskraften i verden. Vi ønsker ikke at kontrollere alting sådan som nogle kulturer gør, men vi er til at få fat i ved særlige omstændigheder, når der er en specifik mulighed, som der var nu med dig."

"Men du kidnappede mig!"

"Vær nu ikke fjollet. Du kom frivilligt med. Du er reelt blevet reddet fra en indespærring af dit sind, hvor din kultur ønskede at begrænse dig."

"Indespærring af sindet?"

"Ja, livskraft er større end sindet, det hele menneske er større end sindet, og det er der, du hører til, ikke i tilfrosne gentagelser af et trossystem. Vi bør aldrig prøve at gøre hinanden til slaver, endsige gøre os selv til det. Ulykkeligvis, så er det netop det, din skole gør."

"Men hvad sagde du til inspektøren? Og hvad var det for et stærkt lys, der var på hans kontor? Og hvorfor sagde han ingenting?"

"Åh, din inspektør er sådan en ubetydelig funktionær. Han er et lille tandhjul i et tilfrosset system. Det eneste jeg behøvede at gøre, var at trykke på et par knapper i hans tænkning og han fyldte så selv hullerne ud. Han var fuldstændig forvirret og kæmpede for at holde sammen på sin tænkning, så det hele ville give mening på den måde, det altid har gjort. En smule smiger og han var fanget."

"Men du løj for ham!"

"Nej, han løj for sig selv. Faktisk har han gjort det det meste af sit liv. Og det er ikke sådan en person, der bør lede en skole. En skole, hvis sådan en overhovedet skal eksistere, bør hjælpe væsner til at opdage de dybeste, de mest vidunderlige og de mest kreative aspekter af deres egen livskraft, og at respektere det enestående i verden mere end at prøve at få alting til at passe ind i stive systemer. Din skole gjorde præcis det modsatte af, hvad en skole burde gøre."

For hvert eneste svar mærkede David sin egen tænkning udvide sig. Og han følte sig godt tilpas og vidste, han var på det rette sted. Selv om han først lige havde mødt Bedstefar, så følte han en dyb tillid til ham, og han vidste, at Bedstefar var en sand lærer, sådan en som han altid havde længtes efter.

Da de nærmede sig grænsen for USA trak Bedstefar væk fra motorvejen og ud på en vej, der førte gennem bjergene, og som efterhånden mere og mere næsten bare var et spor, og på toppen af bjergene kunne David se, at der foran ham var uendelige skove og uendelige bjerge, og han følte, at han var kommet hjem.

Ankomst

Det var blevet mørkt, da David og Bedstefar ankom til landsbyen. De havde kørt hele dagen, og sandsynligvis også det meste af natten. David var faldet i søvn hurtigt efter, de havde passeret grænsen, og han vidste ikke, hvor længe han havde sovet. De havde rejst ad en jordvej, og David havde set høje træer på begge sider af vejen igennem den tykke, mørke skov, og månen var ikke at se. Selvom David intet havde spist hele dagen, var han overhovedet ikke sulten, måske fordi han var så spændt. De var ikke kommet langt ind i landsbyen, før Bedstefar kørte folkevognen op til en stor træbygning og parkerede. De stod begge ud og gik indenfor. David lagde mærke til, at døråbningen var ovalt formet, og at der hang tykke tæpper, som holdt kulden ude. Bedstefar førte David til en lille alkove, der var foret med skind og pels, og han viste David, at han skulle sove på en lille madras, der lå i den ene side af det lille rum. Da David

ligger hyggeligt under sit tæppe, mærker han en varm vel-
tilpashed, en følelse af at være helt hjemme, i begyndelsen
af et stort eventyr, og snart sov han dybt.

Opvågnen

David sov stadig tungt, da han mærkede en hånd på sin skulder. Idet han åbnede et søvnigt øje, så han, at det var Bedstefar, der rystede ham blidt for at vække ham, og David dukkede ud af det varme sovende sted, han lige havde været.

"Tid til at stå op," sagde Bedstefar. "Solen er lige ved at stå op, og vi vågner altid, når solen gør det." Han førte David udenfor til en lille bæk, og bad ham vaske sig lidt der. Det var koldt og friskt. Bedstefar forklarede ham, at han måtte gå bag et træ, hvis han trængte til at tisse, hvad han gjorde, og så gik de tilbage ind i det store hus. De satte sig på gulvet, og Bedstefar gav David et stykke koldt, tørret laks og en kop et eller andet varmt at drikke. Det smagte af urter, og David spiste og drak grådigt. Bedstefar så på ham og smilede.

"Hvorfor skal vi stå op så tidligt?" spurgte David.

"Det er ikke tidligt," svarede Bedstefar. "Dagen vågner, og det er en del af dagen, så vi bør også vågne. Faktisk, så er dagen i dag den dag, hvor du vil begynde at vågne op."

Det lød mærkeligt for David. Han var allerede vågen. Hvordan kunne han begynde på noget, han allerede gjorde eller var? Bedstefar så hans forundring, men smilede bare, og så ud til at vide noget, David ikke vidste.

"Du skal være sammen med Manden Bjørn i dag," sagde Bedstefar nu, "han vil hjælpe dig med at begynde at vågne op."

Igen følte David forundring og tænkte, at Bedstefar måske havde gang i en leg med ord.

Netop da kom en stor mand ind i huset. Han fyldte hele døråbningen, og kom straks hen imod Bedstefar og David. "Så dette er vores unge mand! Ja, han trænger til at blive fyldt op og tømt ud!" sagde Manden Bjørn mærkværdig- vis. Han var klædt i et stort bjørneskind, og der var noget bjørneagtigt over ham. Hans tilstedeværelse syntes at fylde hele huset, og han lo og talte frit, og der var en mørk duft ved ham, lidt dyre-agtigt. David kunne lide ham, men mær- kede også noget uforudsigeligt og farligt over ham. Manden Bjørn var kort for hovedet og stor, både i sin tale og sin bevægelse, men han var også varm og David følte sig på en eller anden måde berørt af ham, selv på afstand. Han lagde varmt sin hånd på Davids skulder og sagde: "Gør dig nu færdig med at fylde maven, og så går vi ud for at finde et skind til dig." David oplevede, at der blev sagt noget, som han ikke forstod, og han så et lystigt glimt i Bedstefars øjne.

David rejste sig og fulgte med Manden Bjørn ud af det store hus. Da han så tilbage på Bedstefar var der et varmt og omsorgsfuldt smil på hans ansigt.

Manden Bjørn gik hurtigt op ad et spor mod den skovklædte bjergside, og David skyndte sig at følge efter. Skønt han ikke vidste, hvor de skulle hen eller hvad de skulle lave, så var David klar over, at han stolede på Manden Bjørn. Han havde aldrig før mødt en med så meget energi. Efter kort til kom de til en lille lysning og Manden Bjørn sagde pludselig: "Vi kan lægge vores tøj her."

Før David nåede at spørge om noget, havde Manden Bjørn taget sit bjørneskind af og sine mokkasiner og stod nøgen foran ham. David var stum og lidt pinligt berørt og sagde: "Men jeg forstår ikke, hvorfor skal vi have vores tøj af?"

"Du er blevet beskyttet hele dit liv!" svarede Manden Bjørn. "Du er altid blevet dækket til med et eller andet. Hvordan kan din hud mærke dens livskraft, hvis du insisterer på at holde den blind! Vores første opgave i dag er at hjælpe din hud til at begynde at vågne op. Den har været sovende hele dit liv! Og at forstå det vil ikke vække den! Kun at vække den vil få den til at vågne op!"

David var slået over at høre dette. Han havde aldrig tænkt på sin hud som blind. Hvad betød det? Og hvordan kan hud vågne op? Men før han kunne nå at sige et ord mere, så var Manden Bjørn allerede på vej ad en anden sti, som førte dybt ind i skoven, så uden at tænke mere tog David tøj og sko af og skyndte sig hen bag Manden Bjørn for ikke at blive ladt tilbage. Mens han skyndte sig af sted, mærkede han en følelse af frihed og opstemthed, som han ikke havde mærket før, der var en frisk brise mod hele hans krop, men han følte sig også sårbar og udstillet. Hvad nu hvis de mødte nogen på stien? Han ville ikke have noget at dække sig til med. Mens han prøvede at holde trit med Manden Bjørn gik det op for ham, at al hans tænkning fokuserede på at dække sig til på en eller anden måde, som om det var den vigtigste ting i verden. Og han forstod, at hvad han frygtede mest, var at møde en anden mens han var nøgen.

Manden Bjørn vandrede friskt til, mens han bevægede sig højere og højere op ad det stejle spor, og David måtte presse sig for ikke at tabe ham af syne. Stærkt forpustet kom han endelig til en lille bæk på et sted, hvor den udvidede sig til et slags bassin. Manden Bjørn plaskede rundt i bassinet, sprøjtede vand op, tog det i hænderne og op i sit ansigt, klaskede på sin hud, mens han trak vejret dybt og energisk. Det virkede som om han lo og brummede på samme tid. Han kaldte op til David, da han kom prustende frem: "Kom i, sikke en fantastisk måde til at begynde at vågne op!"

Uden at tænke kastede David sig ud i bækken og var forbløffet over, hvor friskt vandet var. Han mærkede sig selv automatisk trække sig sammen og prøvede at komme ud af vandet igen, men Manden Bjørn sagde: "Kom bare i, tag dit hoved under vandet, slå på din hud, som jeg gør, hjælp den til at vågne op, den har sovet i alt for lang tid, og den kan ikke nyde sig selv, mens den sover!" David begyndte at klappe på sin hud og mærkede varmen fra slagene blandet med det kolde vand. Det var oplivende, en oplevelse David aldrig før nu havde haft.

Manden Bjørn kom hen til David og klappede ham på

ryggen flere gange med sine store hænder på steder, David ikke selv kunne nå. Hele hans hud begyndte at summe og dirre. "Sådan!" sagde Manden Bjørn. "Nu vågner din hud op. Kan du se, den ryster sig ud af sin søvn? Den har sovet i så mange år. Stakkels hud. Hvordan kunne du dog behandle den på den måde? Ved du ikke, den er en meget vigtig del af din egen livskraft? Hvis din hud sover, kan du aldrig være helt levende!"

David følte sig faktisk mere vakt og bevidst end nogensinde før, men han kunne også mærke, at han ikke helt vidste, hvordan han skulle takle at være nøgen. Hans nøgenhed var noget, han altid havde skærmet af fra andre mennesker. På en eller anden måde var det meningen, at de aldrig skulle se hans krop. Og nu føltes hans krop godt, meget godt endda, og på mirakuløs vis forfrisket. Bedre end noget brusebad han nogensinde havde fået.

Manden Bjørn kravlede op ad bassinet og stod i solskinnet, helt åben i sin nøgenhed. "Se på min behårede tissemand og kugler," sagde han. David var forbløffet. Han havde aldrig før oplevet nogen trække opmærksomheden hen mod deres køn, og spontant dækkede han selv over sin egen penis og testikler med hænderne. "Det ser ud som om, du også er ved at få hår der," sagde Manden Bjørn. "Det er godt, det betyder, at du er ved passagen fra at være en dreng til at være en mand. Det er en af de vigtigste passager, du nogensinde i dit liv skal igennem, så det er godt at være fuldt bevidst om det. Hvis du ikke er helt vågen her, så vil du aldrig komme helt igennem passagen. Mange mænd er fastlåst halvvejs gennem denne passage, så de stadig opfører sig som drenge, når de skulle opføre sig som mænd. Men kom nu, din hud skal lære at se igen, den har jo sovet hele dit liv." Med denne besked tog Manden Bjørn igen fat på sin friske spurt op ad bjerget. Og David fulgte efter.

David mærkede brisen på sin nøgne krop, mens den tørrede, og den blide berøring af grene og blade, mens han flyttede sig igennem underskoven, og han forstod, at hans krop nød at være i berøring med omgivelserne, og han følte sig meget mere tilstede i sin egen krop.

Den hurtige fart fortsatte i, hvad der for David føltes som timer, og han gispede efter luft, men Manden Bjørn blev ved med at bevæge sig i samme hast, og stoppede kun af og til op for at se sig omkring og snuse til luften. Så pludselig lavede Manden Bjørn et brat stop og signalerede til David om ikke at lave en lyd. Manden Bjørn bøjede sig ned på jorden og viste David, at han skulle nærme sig ham helt stille. David kravlede sammenbøjet hen foran ham og Manden Bjørn sagde hviskende: "Se direkte bag mig og fortæl mig, hvad du ser." David så op og fokuserede på den mørke skov kort bag Manden Bjørn, hvorpå han gav et brat ryk baglæns og næsten var ved at løbe. Manden Bjørn så ivrigt på David. "Der er en bjørn i skoven lige bag dig," hviskede David.

"Godt," sagde Manden Bjørn. "Jeg kan se ham med min ryg, så bliv ved med at se på ham og bliv fuldstændig bevidst om, hvad du føler."

David syntes, det var en mærkelig opgave. Selvfølgelig følte han sig ekstremt bange, hvad skulle han ellers føle? David mærkede, hvordan han rystede og dirrede af frygt, men så mindskedes det lidt, og han så, at bjørnen iagttog dem begge direkte, men ikke flyttede sig. Bjørnen så på dem, nøjagtigt som David så på bjørnen. Så sagde Manden Bjørn noget meget mærkeligt: "Hvad føler bjørnen?" Det spørgsmål forbløffede David. Hvordan kunne han vide, hvad en bjørn følte? Mens han kæmpede med spørgsmålet, gik det op for ham, at bjørnen var meget nysgerrig og interesseret i, hvorfor de to var der. "Godt," sagde Manden Bjørn ud af det blå, og David forstod, at Manden Bjørn betragtede ham tæt og kommenterede på, hvad David havde forstået om bjørnen. Manden Bjørn syntes at se ind i David mere end på ham, og David mærkede en gysen løbe igennem sin krop, og han genkendte, at hans krop havde set det samme. David blev observeret, ikke bare for hvad han gjorde og sagde, men også for hvad han tænkte og følte. Han anede ikke, at dette overhovedet var muligt. Men han forstod, at dette var netop det, Manden Bjørn havde bedt ham om at gøre med bjørnen.

Pludselig vendte bjørnen rundt og gik stille sin vej, og David vidste, at bjørnen forstod, de ikke var til fare for den.

"Godt," sagde Manden Bjørn, "du er begyndt at vågne op."

Livskraftens energi

"Hvorfor vendte bjørnen rundt og gik væk? Jeg troede, at bjørne altid angreb de mennesker, de mødte i den vilde natur"

"Bjørne kan lide fred ligesom mennesker kan," svarede Manden Bjørn. "Denne bjørn var ikke bange for mennesker og vi er heller ikke bange for den, vel?"

"Joh," svarede David, "til at begynde med var jeg bange, men du var imellem os og du havde ryggen mod bjørnen, og du virkede rolig og tryg, og jeg følte mig beskyttet af dig. Og så vendte bjørnen sig bare og gik."

"Vi var ikke en trussel for bjørnen, fordi vi intet ønskede af den, og også fordi vi respekterede dens område," svarede Manden Bjørn. "Bjørnen er medlem af min familie på samme måde, som du også er medlem af min familie nu."

David hørte dette svar, og forblev forvirret over det. Det, Manden Bjørn havde svaret gav anledning til en bunke andre spørgsmål.

"Hvad er et område?" Og hvorfor siger du, jeg er et medlem af din familie? Og hvordan kan et dyr være medlem af din familie?"

"Du er frygteligt syg," svarede Manden Bjørn.

Hans svar chokerede David. Han følte det som om, Manden Bjørn prøvede at undgå hans spørgsmål, og han forstod ikke, hvad Manden Bjørn mente med, at han var frygteligt syg, og David blev pludselig mere bevidst om sin krop. Men før han nåede at stille flere spørgsmål, fortsatte Manden Bjørn: "Dine spørgsmål er som en kløe, som skaber mere kløe og du bliver ved med at kradse og kradse. Hvis jeg svarer på dine spørgsmål, så ville du fremover bære rundt på mine svar mere end du ville tillade dig selv at lære for dig selv, og jeg ville så være i vejen for dig; du ville bære rundt på mig, i stedet for at lade jorden være din lærer, i stedet for at lade bjørnen være din lærer, i stedet for at lade alt levende omkring dig være din lærer i hvert et øjeblik."

"Jeg er her for at hjælpe dig med at vågne op, eller bedre, du er her for at vågne op i stedet for at fortsætte med at drømme om spørgsmål. Dine spørgsmål er ikke dårlige, men de holder dig fortsat i sovende tilstand. Lad dine spørgsmål smelte sammen til en dyb nysgerrighed, vær vågen for at hele universet prøver at bringe dig tilbage i forbindelse med det, og at forbindelse kræver tilstedeværelse, enormt stærk tilstedeværelse!"

David følte noget røre på sig dybt i sit indre. Han var

klar over, at hans spørgsmål altid var blevet besvaret af nogen, som regel af hans far eller mor eller lærer, eller hvis de ikke svarede, så prøvede de at rette hans opmærksomhed mod noget andet. Han forstod, at Manden Bjørn prøvede at hjælpe hans opmærksomhed til at flytte sig mod et andet sted, og han kunne mærke den bevæge sig. Det var en spændende oplevelse! Han mærkede, at der var et stort udbredt rum omkring sig, og dette rum var fyldt, fyldt til randen af så meget, der var sprødt og levende og summende af en slags energi, og at denne energi var en del af ham og han en del af den. Han ikke bare svømmede i en svulmende sø af energi, men han var denne energi, og det var ham, og det var også alt andet, alt på en gang, alt var samtidigt! David manglede ord, men i virkeligheden behøvede han dem ikke. Han forstod, at Manden Bjørn heller ikke behøvede ord. Faktisk trak ord ham væk fra energien og spærrede ham inde i sin egen tænkning.

Klatreturen

Uden et ord mere fortsatte Manden Bjørn op ad det bjerg, de havde klatret på. Og David hastede efter ham.

Bjerget var anderledes nu. Det var levende!

Og David opfattede, at bjerget var bevidst om ham og Manden Bjørn. Og alt indeni og på bjerget var også levende. Og de var alle i forbindelse med hinanden. De kendte alle hinandens tilstedeværelse! David var begejstret. Han havde aldrig oplevet noget så fuldt og helt i sit liv.

Imens han modtog luften både på sin krop og ind i sine lunger og gav den tilbage til den enorme himmel, blev Davids åndedræt dybere og hele hans krop var en eneste celle, pulserende, dansende, elskende, bevægende sig igennem det helt håndgribelige rum, som en ørn der flyder på forskellige lag af himmel, fuldstændig støttet af naturen og af alle bevægelser og handlinger, og dog var bevægelserne ikke hans alene, bjerget havde en rytme, og han og bjerget dansede med hinanden i en enkel forenet dans, og selv tiden forsvandt ind i en pulserende bevægelse. Af og til fik han øje på Manden Bjørn foroven, som han forsvandt ind i krat for at komme tilbage på en næsten usynlig sti, bevidst om, at Manden Bjørn var fuldt bevidst om ham og om, hvor han var, og der var også glimt af bjørnen, dog mere sjældent. De tre lavede en dans, men der var flere end de tre; bjerget selv var musik, en dyb bankende rytme fra jordens tromme, og alt, himmel, buske, træer og fugle, vind og dufte, alt svajede sammen i en ubeskrivelig blomstrende skabelse.

Pludselig var Manden Bjørn ved hans side og så direkte på ham, så helt bestemt igennem ham, og David opdagede, at eftermiddagen var forsvundet, slugt af dansen, og det var ved at mørkne.

Mens de ubesværet gik tilbage ned ad bjerget, opdagede David, at hans spørgsmål havde opløst sig og var blevet til en enorm tilstedeværelse og en dyb ærefrygt for alt. De kom til stedet, hvor de havde efterladt deres tøj, og da han tog tøjet på, mærkede han, hvor snærende hans tøj var og hvordan det afskar ham fra bjerget og himlen, og han vidste, at han aldrig igen ville bære tøj på dette bjerg.

Tilbage til landsbyen

Aftenen blev hurtigt mørk, mens de fandt deres vej tilbage til landsbyen. Manden Bjørn gik friskt og sikkert til, og David så, at selv uden lys så var der en glød over ham, og faktisk var alt omkring dem klart lysende; det var ikke særligt synligt, det var mere en følelse, en glødende energi, som hele hans krop kunne føle så længe hans tænkning var stille og ingen spørgsmål pressede sig på. Den dans, han havde oplevet med bjerget, fortsatte langs med stien tilbage til landsbyen, og da han så lyset fra bålene i landsbyen, lignede det en fejring, en fest, en forsamling af meget tydelig og levende livskraft, et hav af menneskelig bevidsthed overalt.

Manden Bjørn førte ham til det lange træhus, hvor han havde været den første nat. Var det virkelig sidste nat? Det virkede umuligt! David følte sig som en gammel indbygger i denne landsby, og da han så Bedstefar med sit hvide hår og tynde skæg, fik han tårer i øjnene, og han vidste, at det var her, han hørte til. Hans andet liv, livet for drengen der prøvede at forstå, var ladt langt tilbage, og han levede nu i en magisk verden, en verden hvor en enorm bevidsthed blev indåndet og udåndet fuldstændigt naturligt, et univers hvor alt var dybt levende og der var fuldstændig tilstedeværelse.

En gammel bedstemor hilste ham, da han kom ind gennem døren, og sagde: "Så, vores nye søn er vendt tilbage," med et varmt smil da hun omfavnede ham med sine ord. Alle i langhuset anerkendte ham med et nik, et glimt af genkendelse, en venlig følelse af varm accept. David mærkede, hvor fattig på følelse hans tidligere liv havde været, og her på bare en dag, havde alt forandret sig, dybt indeni men også i verden omkring sig. Manden Bjørn viste ham, hvor han skulle sidde, og han fik overrakt en træskål og en ske lavet af horn, og han hjalp sig selv til noget fisk og grøntsager, der var i en stor skål i midten. Ved den første varme mundfuld huskede han, at han ikke havde spist hele dagen, og pludselig huskede han også, at da han havde spurgt Manden Bjørn på bjerget, hvornår de skulle spise, så havde han svaret: "Lad din krop nyde den sult, den mærker, og du vil opdage, at denne følelse i sig selv er skøn!" David spiste med nydelse. Hver mundfuld af den varme mad var en sand gave, og han følte en dyb taknemmelighed overfor dem, der havde fanget fisken, samlet grøntsagerne og forberedt maden.

En dreng der sad ved siden af David, spurgte ham, om han var på eventyr på bjerget med Manden Bjørn? David mærkede en følelse så varm og fuld bølge igennem sig, at der ikke var plads til ord. Han så på drengen og fik tårer i øjnene. Han hørte sig selv svare: "Jeg elskede det!" Og det virkede som om, det var hver eneste celle i kroppen, der skabte disse ord.

Der faldt en stilhed over folk i langhuset, da Manden Bjørn rejste sig op og nikkede til David, og sagde: "Vores nye bror kommer til os under navnet David. Det er ikke hans eget navn, men et han er blevet givet til at bære, indtil han opdager sit eget. I dag mødte han bjerget og bjerget omfavnede ham. Han lærer hurtigt og har allerede smidt nogle af de skrøbelige lag, som det var meningen han skulle bære i det land, han kommer fra. Han er ved at lære sin krop at kende som sin ven, selv om han tror, at Harry, Dick og Balls er navnene på tre drenge i landsbyen." Alle i langhuset klukkede, grinede og lo, og David rødmede.

"Som hans hår gror og han forlader drengetidens puppe, vil vi byde en ny mand velkommen i vores landsby, en mand der kaldte os og som Bedstefar hastede til, for at redde ham lige i tide før han blev indespærret i den fælde, mange mennesker træder ind i for at beskytte sig mod deres egen livskraft og helhed."

Han vendte sig mod David og sagde: "Dette er dit hjem og dette er din familie. Vi byder dig velkommen og vi vil holde dig, mens du smider din barndoms puppe, og ære din indtræden i det vidunderlige i at være et menneske fuldt og helt. Vi er allerede spændte på de uopdagede gaver, som vi ved, du bærer, og vi glæder os til den tid, hvor du vil dele disse med os og hjælpe os, som landsby, til at indtræde i vores egen skabende helhed." En blid rumlen fejede gennem langhuset, da alle slog på deres træskåle med deres skeer.

Fastlåst

Den nat sov David, som han aldrig havde sovet før, dybt, skønt og afslappet, bortset fra en forstyrrende drøm. Han drømte, at han var et barn, og at hans forældre også var børn. Faktisk var der kun børn i verden. Men hvert barn var i fængsel og hvert fængsel var forskelligt. Hans forældre var i fængsel sammen, og hver gang en af dem prøvede at flygte, ville den anden hurtigt hjælpe med at lukke hullet i væggen, som flugten kunne ske igennem. Og de var begge meget travle med at konstruere det fængsel, som David blev holdt i. De kaldte fængslet for "tryghed", og havde den mening, at uden fængslet ville ingen overleve. Hvert fængsel var unikt, og dog havde de alle det samme fængsel. Da han vågnede følte han sig forvirret, selv om drømmen slet ikke var forvirrende, den var fuld af hektisk aktivitet, alle var optaget af at vedligeholde fængselssystemet og at skrive uendelige tekster for at retfærdiggøre nødvendigheden af systemet. Og hvert barn tilbragte utrolige mængder af tid med at lære dette fængselsretfærdiggørelsesskrift udenad, og høre hinanden i det. Drømmen var ekstremt udmattende og uendelig, og selv om han havde sovet dybere end nogensinde, vågnede David træt og irriteret.

Om morgenen gik han ud og plaskede vand i hovedet fra den nærliggende bæk. Han så, at Bedstefar og Manden Bjørn holdt deres hænder op i luften, og gik op til dem for at beklage sig. Det første han sagde gryntende, var: "Manden Bjørn, du latterliggjorde mig i går aftes foran alle med dine ord om Harry, Dick, og Balls!" Han kunne dårligt få sig selv til at sige disse ord, men han var så fuld af følelse, at han pressede dem ud. Både Manden Bjørn og Bedstefar så direkte på ham med deres øjne vidt åbne, og så lo de begge. Og David sagde: "Jeg kan ikke lide at blive grint ad, især ikke foran mennesker, jeg lige har mødt!"

Manden Bjørn lagde sin hånd på Davids skulder og sagde; "Jeg prøvede at hjælpe dig igennem et sted, hvor du sidder fast."

"Jeg ved ikke, hvad du mener," svarede David, "Jeg sidder ikke fast nogen steder. Du gjorde mig til grin med vilje foran alle!"

Manden Bjørn smilede blidt og sagde til David: "Det værste ved at sidde fast er, når vi ikke engang ved, at vi sidder fast. Det mest hjælpsomme er humor. Humor hjælper til med at ryste vores fastlåsthed, indtil den befrier sig selv."

"Det giver ikke mening," sagde David, "og du tager mig ikke alvorligt."

"Jeg tager dig mere alvorligt, end nogen nogensinde har

gjort, for ellers ville de ikke have spærret sig inde," sagde Manden Bjørn blidt.

"Nu prøver du at forvirre mig og undgå emnet," sagde David modigt. Han var klar over, at han aldrig havde talt så direkte til en voksen før.

"Det varmer hjertet at se kraften i din tilstedeværelse," sagde Manden Bjørn. Nu var David endnu mere forvirret.

"Du prøver at undgå det, jeg siger!"

"Jeg taler direkte til det fængsel, du gør dit bedste for at beskytte. Og det er godt at se den kraft, du kan fremkalde. Men den kraft skal bruges til din skabende livskraft, for den der beskyttelse er der ikke længere brug for. Du lever ikke længere blandt de folk, der hjalp dig til at bygge fængslet, de folk der lærte dig at det var trygt der, og de folk, der hver især byggede og vedligeholdt deres eget fængsel."

David blev så forfjamsket, at han fik tårer i øjnene, og det eneste han kunne tænke var at komme væk så hurtigt som muligt.

Så sagde Bedstefar noget for første gang. "Du har levet blandt mennesker, som har specialiseret sig i at bygge fængsler. Og de er meget blinde for, hvad de gør. Og så snart deres børn er født, så begynder de at lære dem deres speciale, at lære børnene at bygge og vedligeholde deres egne fængsler. Så hvert barn vokser op i et fængsel, men bærer en historie om, at han er fri, og at frie mennesker er boglige." Bedstefar lagde tryk på det sidste ord.

Noget vibrerede i David og han lyttede opmærksomt. Han følte, at han først lige nu var ved at vågne. Han forstod ikke, hvad nogen af de to mænd sagde, men han følte det som om noget var kravlet ind under tæppet og varmede hans hjerte.

Bedstefar fortsatte: "De mennesker, du er født hos, er forelskede i døde ord. Og på en eller anden måde får de deres børn til at adlyde disse døde ord. Vi lever blandt ord, der er levende, fordi de kommer ud af mennesker, der er levende. Et ord der er talt, er varmt og levende og kan blive spurgt til, fordi det stadig er knyttet til det menneske, der talte. Døde ord kan ikke længere blive spurgt til, fordi de er frosne, mennesket der sagde dem, er ikke til stede, og ordene er frosset ved at blive forvandlet til mærker, som man kan se på, og som kan bevares over tid, hvorimod de ord du og jeg udtaler, er væk så snart de er sagt. Men du og jeg kan fortsætte med at tale og vi forstår, at ingen af os har retten til at kontrollere den anden. Vi ærer vores frihed til at tænke selv og at udtrykke tankerne, give dem stemme. Levende tanker er som blade i vinden, og skal nydes på grund af deres farve og vindens kraft, der flytter dem, men så snart vore tanker er skåret i sten eller trykt på papir bliver de tunge og frosne … og døde. Når vi adlyder døde tanker, stopper vi vores egen tænkning.

"Du bærer på nogle døde tanker. Og Manden Bjørn prøvede at vække dig til dette faktum. Fordi disse tanker er meget tunge. Død tanke er tungt. Manden Bjørn prøver at hjælpe dig til at danse med disse tanker, så de kan blive levende igen og du kan afgøre, om de er værd at bære videre og give til andre. Vi kan ikke lide fængsler og vi gør modstand mod alle, der prøver at spærre os inde i deres egne tanker."

111

David var chokeret over at høre dette. Han havde aldrig tænkt om sig selv som en, der prøvede at spærre nogen inde, men nu fortalte disse to mænd ham, at han havde spærret sig selv inde. Men han vidste stadig ikke hvorfor og hvordan dette var sket.

Manden Bjørn sagde så: "Du har lært at skjule bestemte dele af dig selv. Du bliver skamfuld over det nye hår, der gror om dit seksuelle udstyr. Men denne forandring, der er ved at ske med dig, skal respekteres og æres, ikke gemmes i flovhed. Men du kom fra mennesker, der havde lært dig at gemme dele af dig selv. Dette er fængslet, du fortsætter med at skabe, og jeg viste dig i går aftes, foran alle, at her skaber vi ikke fængsler, og at du ikke længere behøver at leve i dit. Jeg sagde ikke til dig, at du skulle være uanstændig, alle her har respekt for anstændighed og privathed, men vi har ikke respekt for indespærring."

David morede sig over at få sin penis og testikler kaldt for "udstyr". Han havde aldrig før tænkt på dem som udstyr, men det gav god mening. Udstyr var noget, man brugte, når der var brug for det, og især vigtigt, var anbragt hvor man havde nem adgang til det, og det ikke var i vejen. David forstod, at hans egen flovhed var i vejen, som noget at snuble over, noget han selv vedligeholdt. Og han havde aldrig før tænkt om sig selv, at han sad fast her, eller om sig selv som frossen.

Bedstefar syntes at læse hans tanker og sagde: "De mennesker, vi reddede dig fra, var forelskede i frosne tanker, i døde tanker, og de insisterede på at spærre deres egne børn inde i de tanker, der inden da var blevet frosne. Det er fint at kende til tanker, som døde mennesker har frosset, men de skal ikke behandles som love og regler, der skal adlydes. Vi mener, at denne slags blind lydighed er en sygdom, og at de mennesker, du kommer fra ikke er klar over, at de er syge, men i stedet tager de deres sygdom som en stor gave, som de pådutter andre. Og hvis folk ikke adlyder, så dræber de dem."

David var oprørt over at høre sit folk blive beskrevet sådan, men samtidig var han bevidst om, at dette var sådan han havde følt, da han levede hos dem. De vigtigste ting blev der ikke talt om. Ethvert reelt spørgsmål bliver mødt med frosne svar. Han havde følt sig indespærret i skolen og ikke fri til at forfølge de ting, der interesserede ham. Han følte ikke, at han kunne stille spørgsmål om det, der var mest personligt og intimt. Og han kunne aldrig tale om Gordy og Elefant uden at folk enten grinede ad ham eller mødte hans ord med iskold stilhed.

Historier

"Hvis vi kommer til at sidde fast forskellige steder, hvordan kan vi så komme til ikke at sidde fast?" spurgte David.

"Joh," sagde Bedstefar, "det er der, vores helhed er så vigtig. For selv om vi sidder fast, så arbejder vi hele tiden på at komme igennem den smalle passage. Men vi er nødt til at være vågne og bevidste. Vi må virkelig tage i betragtning, hvor vi er. Og selv om vi har talt om frossen tænkning og om at være trænet i at adlyde den frosne tænkning, så er der altid en del af os, som kæmper for at komme tilbage til vores helhed. Kun når vi er hele, er vi i sandhed sunde. Og også frossen tænkning har enorm værdi. Men vi må altid huske, at frossen tænkning bare er en historie. Nogens historie. Det er ikke en opskrift, som alle skal følge, men en historie om et enkelt menneskes kamp for at komme tilbage til sin egen helhed. Og jævnligt er frossen tænkning historien om,

114

hvor et menneske sidder fast. Den største kamp verden har set siden frossen tænkning er opstået er mellem mennesker, der har erstattet deres helhed med frossen tænkning og som derefter vil indespærre alle i det samme fængsel.

"Tag nu for eksempel dig," fortsatte Bedstefar. "Gordy og Elefant var der for at minde dig om din egen helhed. Og de blev ved og ved med at foreslå måder, hvorpå du kunne være sammen med mennesker, der sad fast, uden at du forlod din kamp mod din egen helhed."

David var chokeret! Han havde aldrig fortalt Bedstefar om Gordy og Elefant. "Hvordan kan det være, at du kender Gordy og Elefant? Jeg plejede at tale med min mor og far om Gordy, indtil de begyndte at smile fjoget, hver gang jeg nævnte ham, så jeg troede, der var noget galt, og blev stille, men jeg har aldrig fortalt nogen andre i hele verden om Elefant! Hvordan vidste du om det?"

"Et menneske, der er i helhed, kan kigge ind i et andet menneske og se det indre," svarede Bedstefar helt enkelt.

"Men jeg vidste ikke, det var muligt! Og ingen jeg kender har nogensinde sagt noget lignende. Alle har altid opført sig som om det indre er lukket for andre!" udbrød David.

"Enhver der sidder fast ser verden som en del af deres fastlåsthed. Og de mennesker, du kommer fra, har en underlig sygdom, som er meget alvorlig. Faktisk er det en hel epidemi i verden. Og de vil gerne smitte alle, der ikke er syge". Og Bedstefar fortsatte: "Et menneske, der sidder fast, kan ikke se udover sin egen fastlåsthed, og de bærer rundt på ideen om, at alle andre burde være fastlåst på samme måde. De kender ikke til at forstå helhed og balance. Det er derfor, det var så vigtigt for os at redde dig. Elefant hjalp dig til at se udover de frosne steder, hvor andre levede, men du var på nippet til at blive indespærret for altid, da vi hørte dig råbe!"

"Men jeg forstår ikke," græd David. "Hvordan kunne du vide det på så lang afstand, hvad jeg gennemgik?"

"Åh, at forstå!" sagde Bedstefar. "Fastlåste mennesker lægger så meget energi i at komme til at forstå. Men det er kun en måde at tænke på. Der findes endnu dybere måder at vide på end forståelse. Stakkels forståelse," sagde Bedstefar med sympati i stemmen, "vi har lagt så meget ansvar på den. Måske skulle vi give den en pause og lade den komme sig, så den kan vende tilbage til dens retmæssige plads i vores balance."

David var begyndt at tænke, at han var landet på et sted, hvor Bedstefar og Manden Bjørn var fuldstændigt skøre!

At se

"Men jeg kan ikke se ind i dig!" sagde David.

"Det er fordi, du kun er i begyndelsen af din tilbage-
venden til din helhed," svarede Bedstefar. "Du sidder stadig
fast i det, du er blevet lært. Og du forveksler det du har lært
med hvordan verden fungerer. Men det, du er blevet lært, er
kun en historie, som det er meningen, du skal bære med dig
for at kunne blive accepteret af de mennesker, du kom fra."

"Men er der ikke noget, der er virkeligt?" sagde David
med irritation.

"Historier er virkelige," svarede Bedstefar mystisk. "De
er virkelige historier. Din sygdom er, at du er blevet lært at
se på dem, i stedet for at leve i en verden, der er levende. Du
har erstattet din livskraft med historier, der har frosset og
stivnet verden. Det er en epidemi, som dit folk har prøvet
at smitte verden med. Og dig!"

David kunne ikke tro, det han hørte. Bedstefar så nysgerrigt på ham, som om han så direkte igennem David. Og Bedstefar vidste, at dette var et afgørende vendepunkt. David ville enten blive ved med at være endnu mere stivnet, end han havde været, eller han ville begynde at smelte.

Pludselig begyndte David at græde, højt. Tårer vældede ud af hans øjne; han kunne ikke tilbageholde sin hulken. Elefant havde blidt lagt sin snabel på hans skulder og sagde: "Hav tillid til Bedstefar."

"Disse tårer er virkelige," sagde Bedstefar. "Disse tårer er en del af naturen, af din egen dybe natur. Mange mennesker er afskåret fra naturen, har afskåret sig selv fra deres egen dybe natur. Mennesker har desværre lært, at de er nødt til at sende deres egne børn igennem et alvorligt overlevelseskursus, men det er en misforståelse. Overlevelseskurset er noget, de selv har fundet på, de har lavet det selv, og så prøver de at få deres børn til at passe ind, selv om det kræver af deres børn, at de bygger deres egne fængsler, deres egne fængsler af falsk tro, af falske historier. Men disse tårer vil hjælpe dig til at smelte det fængsel, du har bygget. Dette er natur, din egen indre natur, der er kommet for at frelse dig. Når din tænkning fuldstændig er nået til samarbejde med dine dybe følelser, så vil du være tilbage i den naturlige verden."

Sande Historier og Falske Historier

"Men hvis alt, jeg har lært, bare er historier, hvad er så virkeligt?" spurgte David.

"Din klatretur i går op ad bjerget med Manden Bjørn var virkelig, selv om du på vejen var forvirret af de historier, der blev ved med at dukke op indeni dig. Det var der, alle dine spørgsmål kom fra. Det, du oplevede, passede ikke rigtigt med de historier, du havde lært at fortælle dig selv, og du kæmpede for at få det hele til at passe sammen. På et tidspunkt i din udvikling vil du være nødt til at kunne se, hvor historier passer ind i verden. Du er blevet fortalt, at nogle historier er sande og andre er falske. Men dette er både sandt og falsk. Alle historier, hvad enten vi kalder dem sande eller falske, er bare historier. Og historier hjælper os til at klare os i verden, nogle gange, men andre gange får de

119

os til at fare vild i verden. Og i dag er der mange mennesker, der er faret helt vild i deres historier."

"En af de historier, du har lært at bære med rundt, var den historie, at du aldrig må løbe nøgen rundt, og at du skal skjule dit seksuelle udstyr og være skamfuld, hvis nogen så det. Men beklædning er også som en historie, en historie, der skjuler vores nøgenhed. Neden under tøjet er vi alle nøgne. Men vi må aldrig forveksle vores tøj med, hvem vi er. Det er sådan noget konger gør. De tror, at en kongekrone gør dem til konge, men det er kun så længe, at folk er villige til at fortælle sådan en historie. Neden under kongekronen er kongen også nøgen, ligesom du var i går, da du klatrede på bjerget. Og i de fleste tilfælde har kongen afbrudt forbindelsen til naturen, og er helt afhængig af folks historier for, hvem han tror, han er. Hvis folk stopper med at fortælle den historie, så forsvinder hans kongedømme, og han ved ikke, hvad han skal stille op med sin nøgenhed. Ligesom du til at begynde med heller ikke vidste, hvad du skulle stille op med din, indtil du forstod, at din krop nød at være i direkte kontakt med naturen og at vende tilbage til livskraften efter at have været skjult i så mange år. Kroppe elsker at føle sig levende, de nyder luftens friskhed, og vejrets kulde og varme, og det er først der, at kroppen begynder at se igen. Det er ikke din krop, der fortæller historier, det er din tænkning. Og det har aldrig været meningen, at din tænkning skulle styre din krop. Det var meningen, at de skulle arbejde sammen som et hold, men din tænkning har lært så mange falske historier, at det var svært for din krop at komme igennem med sine behov for livskraft. Mange mennesker tror, at tænkning er lig med at være levende. Og det er en af de mest falske historier, der bliver fortalt."

"Men er tænkning levende?"

"Tænkning er levende, men den er spærret inde i falske historier, som den har lært at fortælle om sig selv! Og den er blevet bange for at vove sig udenfor disse historier."

Forvirring

Davids tænkning hvirvlede rundt og han havde det, som om han var i midten af en tornado. Hans tanker bumpede ind i hinanden, bidder af sætninger hoppede ind og forsvandt så igen, spørgsmål blev ved med at komme og gå, og der var ingen vej ud af den forvirring, han følte.

SMAK!

David var lamslået! Bedstefar havde lige slået ham i ansigtet. Han åbnede øjnene i chok og så bare på Bedstefar, og kunne ikke tro, hvad der lige var sket.

"Dette er den virkelige og sande verden," sagde Bedstefar. "Dette er den verden, hvor din krop føler sin livskraft, elsker at klatre i bjerge og møde bjørne, og at mærke solen og vinden. Din tænkning var i gang med at snurre som hjul, men den skal forankre sig i, hvad der sker lige nu i dette øjeblik. Læg mærke til dit åndedræt og mærk dine fødder på jorden og din tænkning vil dæmpe sin hektiske søgen. Det er ikke meningen, at tænkning skal have lederskab, men den skal lære at samarbejde."

De forskellige verdener

Davids åndedrag var hurtige og dybe, og han kunne mærke sine fødder på jorden.

Bedstefar fortsatte: "Vi lever i forskellige verdener. Jeg mener ikke du og jeg, men det er nu også sådan. Du lever i forskellige verdener. Du bærer forskellige verdener med dig, i dig. Men inden i dig er de kommet ud af balance, det kommer sig af de folk, du kommer fra. De lærte dig næsten udelukkende at fokusere på den verden af tænkning, men der er også andre verdener inden i dig, og disse andre verdener ønskede ikke at blive udelukket. Den verden, hvor Gordy og Elefant lever i ville ikke lukkes ude, og det er meget kraftfuldt inden i dig. Det er sådan, du fik hjælp til at være i balance. Men du vidste, at hvis du fortalte andre om den verden, ville de have forsøgt at tvinge det ud af din tænkning, ved at lære dig falske historier om den. Så du gjorde klogt i at skjule den for dem. Og så begyndte den verden selv at lære dig om livet på måder, ingen anden kunne. Og det er igennem den verden, at du kaldte på mig. Der er ting om netop denne verden, du først lige er begyndt at lære, men den er der for at sikre din helhed og for at balancere de andre verdener, du lever i."

David kunne kun stirre med vidt åbne øjne, mens han kom til at forstå dette. Han var stadig ikke klar over, hvordan Bedstefar kunne vide noget om Elefant og Gordy, for han havde aldrig omtalt dem for ham.

Havet

"Men nu er det nok for i dag. Vi vil fremover snakke meget om de forskellige verdener, du lever i, men vi har snakket nok for i dag nu. Verdenen af tænkning kan kun klare sig i begrænset tid. I dag vil Manden Bjørn tage dig med i en anden retning."

"Ja," sagde Manden Bjørn højt. "I dag vil vi gå i den modsatte retning. Ud i havet!" Han sagde det med et stort smil.

De forlod Bedstefar og vandrede ad stranden i lang tid. Efter at have gået mange kilometer, kom de til en lille vig med høje klipper rundt om.

"Vi kan lægge vores tøj her," sagde Manden Bjørn. "Kroppe elsker havet lige så meget som de elsker bjerget med ingenting imellem." Og det var sandt. David mærkede straks vindens friskhed mod sin krop, da han tog tøjet af.

125

Manden Bjørn bar kun på et skind, så han var nøgen på ingen tid. "Glem nu ikke at tage dit udstyr med dig," sagde Manden Bjørn med et smil. "Harry, Dick og Balls vil ikke efterlades!" Og dermed løb han ud i vandet og forsvandt.

David smilede, mens han huskede på den flovhed, han havde følt aftenen før. I dag følte han sig forfrisket og godt tilpas med sit "udstyr". Han løb mod havet, og da hans fødder ramte vandet, mærkede han, hvor koldt det var.

Manden Bjørn var dukket op af havet og han råbte: "Tænk ikke på det. Bare kast dig ud i det med det samme. Din krop vil elske det."

David dykkede ned og oplevede sig mere afkølet end nogensinde, men hans hud føltes også prikkende og forfrisket. Hans hoved dukkede op ad havet og han mærkede, at han gispede. Det virkede som om, han ikke kunne få luft. Hans åndedræt var så hurtigt og så dybt, og han forstod, at han aldrig havde åndet sådan før i sit liv.

Manden Bjørn var pludselig ved hans side. "Dit åndedræt har brug for at blive trænet," sagde han. "Du har holdt det i en flad hule. Det trænger til at blive dybere og hurtigere, men havet vil lære det alt om det." sagde han smilende.

David troede ikke, han nogensinde ville få luft nok. Men efterhånden udlignede hans åndedræt sig. Det var stadig lidt hektisk og dybt, men også mere afslappet, og han blev klar over, at hans krop var hurtig til at lære.

"Din krop har længtes efter eventyr," sagde Manden Bjørn, næsten som om han havde læst Davids tanker. "Men det hjem og den skole du var i havde ikke plads til eventyr. Du frøs til i en stivnet tilstand. Du havde brug for det kolde hav for at bringe kroppen tilbage til dens naturlige fleksibilitet."

Manden Bjørn svømmede så langt ud i havet, at David tænkte, at han måske ikke ville kunne komme tilbage. David kunne knap nok se den lille prik af et hoved langt væk. Så, pludselig, begyndte hovedet at bevæge sig mod David med enorm fart. David var chokeret. Han kunne ikke forstå, hvordan Manden Bjørn kunne svømme så hurtigt. Og pludselig var han lige ved siden af David.

David var fuldstændig overrasket. Manden Bjørn sad ovenpå et marsvin. Marsvinet så på David og smilede! "Her er min ven, Havmand," sagde Manden Bjørn. "Vi er gamle venner og kan lide at mødes. Hvis han kan lide dig, vil han måske også give dig en ridetur, men kun hvis du taler til ham og respekterer ham. Han er ikke et kæledyr eller legetøj. Han ved ting, som vi aldrig kommer til at vide, og han kan tydeligt se dine følelser. Du kan ikke narre ham eller lyve for ham. Hvis du prøver, så vil han afvise dig øjeblikkeligt."

David rakte forsigtigt sin hånd ud og rørte ved Havmands pande. Han mærkede en sitren af energi bølge igennem sig og forstod, at det var Havmands måde at kommunikere på. "Han taler ved at sende sin energi ind i mig," tænkte David. Marsvinet lavede også en fin høj lyd, som en fugl der fløjter, og David vidste, at han var accepteret.

Havmand puffede David ud i det dybe vand og svømmede så rundt og løftede David op på sin ryg. David omfavnede ham med begge sine arme og Havmand begyndte at svømme hurtigere og hurtigere, udad og udad, langt ud i det store åbne hav. David var begejstret. Han mærkede, at han havde fuldstændig tillid til Havmand. Pludselig dykkede Havmand ned i havet. David holdt vejret, men åbnede øjnene.

Han var i en magisk verden, en verden helt forskellig fra sin egen. Det var en flydende verden, med forskellige niveauer af opdrift, som lag af vand, og farverne var forunderlige. Stimer af lyse, gule fisk svømmede forbi og så på David og Havmand, lysende røde koraller havde formet hylder og dyb grøn tang bølgede mellem disse hylder, glødende søanemoner reagerede hele tiden på Davids berøringer, og ål og sølvagtige fladfisk bevægede sig væk, når David passerede.

Pludselig huskede David, at han ikke kunne trække vejret under vand, og det føltes som om hans lunger udvidede sig mens de ledte efter luft, men han vidste, at det ville være en katastrofe at prøve at trække vejret under vand. Det føltes som om hans blodårer og hele hans krop udvidede sig i hektisk forsøg på at få luft, og David følte sig på vej ud i panik. Men lige pludselig dukkede Havmand op til overfladen og David lavede den dybeste indånding, han nogensinde i sit liv havde lavet. At trække vejret havde aldrig føltes så godt i hele hans liv, og han kunne mærke, at Havmand nød at have hjulpet David til at møde sine grænser og til en endnu dybere tillid.

Så vendte Havmand sig brat om og begyndte at svømme mod strandbredden i en utrolig fart. David holdt fast med alle sine kræfter. Vandet sprøjtede ham voldsomt i hovedet og han lukkede øjnene til små sprækker. Pludselig var de lige ved siden af Manden Bjørn. Han lo og lo. "Jeg kan se, I er blevet venner! Havets væsner ejer en ældgammel viden og en dyb visdom. De vil være gode lærere for dig. Mennesker kan kun lære hinanden en smule. De største lærere er naturen og universet. Din krop er ved at lære igen om det, den var født med. Havmand kan se lige igennem dig, og han har accepteret dig fuldstændig."

Frokost

Solen var allerede forbi sit højeste punkt på himlen, da Manden Bjørn fortalte David, at de skulle gøre klar til at komme tilbage til landsbyen. "Rul i sandet og lad det dække dig, indtil din krop er varm igen. Og da du stadig har lyserød hud, så vil sandet beskytte dig mod at blive forbrændt af solen og på samme tid lade din naturlige varme vende tilbage til din krop. Du kan børste sandet af, før du tager tøj på. Og vi bliver nødt til at finde noget mere passende tøj, end de lag af indespærring, som du er vant til at have på, noget løst og behageligt, som ikke binder dig og lukker dig til. Men det kommer vi til."

"Jeg er sulten," sagde David, som intet havde fået at spise siden morgenmaden ved daggry.

"Godt," svarede Manden Bjørn, "lad din krop fuldt

og helt nyde sulten, før du spiser. På den måde vil maden smage endnu bedre."

David undrede sig over, hvad for noget mad Manden Bjørn talte om, da de ikke havde taget noget med sig.

Manden Bjørn vadede et lille stykke tilbage ud i bølgerne, bøjede sig forover og trak noget op ad havet. For David lignede det et langt stykke tang. Manden Bjørn bøjede sig ned igen og samlede flere sten op fra bunden og bar dem tilbage på stranden.

"Her, du kan tygge på den her," sagde Manden Bjørn, idet han gav ham et stykke af tangen, efter at have bidt en mundfuld af til sig selv og tyggede løs. David tog imod det og blev forbavset over, hvor fast og tykt det var, salt og friskt. Han sank det og bed endnu et stykke af, mens Manden Bjørn havde travlt med at slå stenene mod hinanden. Så gav han David en og sagde: "Det er østers, store og saftige, og du har kun brug for to – tre stykker lige nu."

David havde aldrig spist rå østers før og syntes, den var våd og slimet og ikke lignede noget, han nogensinde havde spist før, men han var så sulten, at han puttede den i munden og begyndte at tygge. Han blev overrasket over, hvor godt den smagte. David havde aldrig før spist noget, der ikke kom fra hans mors køkken eller fra en restaurant eller butik. Efter at han havde spist nummer to mærkede David, at hans sult var væk og følte sig forfrisket og godt tilpas. I mellemtiden havde Manden Bjørn selv nedsvælget fire østers sammen med flere bidder af tang og tyggede tænksomt.

"Havet fodrer os godt," sagde Manden Bjørn, mens

han bukkede for havet og sagde: "Tak, Store Hav, for at du giver os af din overflod. Vi vil altid være taknemmelige for din gavmildhed og kærlighed. Tak."

David sagde: "Hvem taler du til? Havet kan da ikke høre eller forstå dig!"

"Havet hører og forstå meget mere, end du gør," svarede Manden Bjørn blidt.

David var forvirret over at høre dette og begyndte at undre over, om Manden Bjørn faktisk var lidt skør. De vandrede tilbage mod landsbyen ad en anden sti, end den de var kommet ad om morgenen. Manden Bjørn gik hurtigt og friskt til og David måtte skynde sig for at holde ham i sigte. Pludselig sænkede Manden Bjørn farten indtil David var oppe på siden af ham, og han begyndte at tale med en blød og venlig stemme.

"En af de dumme ting, du lærte i din skole, var, at verden ikke kan høre og ikke kan tale og ikke forstår. Men det er noget vrøvl. Verden lytter meget intenst, og den ved, hvad der sker i den, den hører rigtig godt og forstår meget dybt. Vi skal ikke lade vores uvidenhed diktere, hvad der er muligt. Verden er så sensitiv og levende, at dine lærere ville blive lamslåede, hvis de vidste, hvad den ved. Dine lærere var fortabte i deres egen tænkning, og det er så begrænset et sted at være fortabt. De forvekslede deres egen uvidenhed med viden og prøvede at få dig til at bære den også. Men uvidenhed er død og tyngde. Ingen bør tvinges til at bære den."

David var overrasket over at høre dette, men han genkendte, at der var noget indlysende i det, Manden Bjørn havde sagt, og selv om han ikke selv forstod det, så vidste han, at der var meget, han ikke havde lært. Det han hørte nu var, at meget af det han havde lært, var bare ikke sandt. Han vidste nu, at ting var meget mere indviklede, end han nogensinde før havde været klar over.

Dansen

Det var allerede ved at mørkne, da Manden Bjørn og David kom til landsbyen. Luften duftede stærkt og vidunderligt og på himlen strålede de første stjerner. David forundredes over, hvor klart lyset var i og rundt om landsbyen, og han følte sig frisk og nysgerrig på alt, hvad han så og hørte. En vågenhed syntes at gennemtrænge alting, og David følte sig mere bevidst og mere levende end nogensinde før. Følelsen var varm og sprød og god.

I stedet for at vende tilbage til huset, hvor David havde sovet siden han kom, sagde Manden Bjørn: "I aften skal vi i den store hal til dansen." David tænkte på de baller, der havde været holdt på hans skole og følte sig utilpas. Han huskede sin egen klodsethed, da han prøvede at danse med en pige og de begge tumlede rundt, mens lærerne grinende iagttog dem. Han følte sig udstillet som en biologisk art, fastnaglet til en plade sammen med alle de andre insekter. Så han fortalte Manden Bjørn, at han ikke vidste, hvordan man danser og heller ikke kunne lide det, og håbede, at Manden Bjørn ville lade ham gå tilbage til sit sovested.

"Dette er en dans, der vil vække dig og hjælpe dig til at huske, hvem du er," sagde Manden Bjørn mystisk. "Og dansen vil ske inden i dig. Du vil nyde det mere, end nogen anden dans, du nogensinde har kendt." David mærkede en gysen af angst, da han hørte dette, og han kunne se en gnist af humor i Manden Bjørns øjne. Nu var David endnu mere perpleks.

En fristende duft af friskgrillet fisk fyldte luften, og der var andre dufte, som David ikke genkendte. Den store hal var pludselig lige foran dem, og David så, at det var den største bygning i landsbyen. Han var forbløffet over at se, at forsiden af huset var en bjørn, en kæmpe bjørn, der stirrede direkte på ham, malet rød og med forpoterne i vejret. David følte, at bjørnen kunne se lige ind i ham. Døren ind i bygningen var et stort rundt hul, som en hule, ind i bjørnens mave, og dækket med tæpper på indersiden. Manden Bjørn hilste bjørnen: "Hej, min ven, vil du sluge mig helt i aften? Ja, godt, jeg er altid vild med at være i din mave!" Og han kravlede igennem.

David tøvede. Han var på grænsen af ikke at vide! Og han var klar over, at han måtte have tillid til Manden Bjørn, som allerede var inde i den store hal. En kraftig rystelse skyllede igennem ham, da han gjorde som Manden Bjørn og sagde: "Hej, Bjørn. Jeg er rædselsslagen over at skulle gå ind i din mave, for jeg ved ikke, hvad der er inde i dig." Men da David nærmede sig hullet i bjørnens mave, følte han et varmt brus gennem sin egen mave og fik tårer i øjnene.

Han vidste, at Bjørn havde accepteret ham og budt ham velkommen, selv om han ikke vidste, hvordan han kunne vide det. Han skubbede tæppet til side og kravlede ind i bjørnens mave.

En lang platform af træ strakte sig langs hver side af den lange bygning, og i den modsatte ende var der en mærkelig sammensætning af træstrukturer, som platforme fyldt med figurer og skikkelser. Tre bål oplyste det indre, og David havde svært ved at se. Han kiggede rundt efter Manden Bjørn, troede at han var der og ventede på ham, men David kunne overhovedet ikke se ham. David følte trang til at spurte ud af bygningen igen, da tre ældre drenge nærmede sig ham og sagde: "Velkommen, lillebror. Kom og sid hos os." David mærkede varmen i deres venskab, da hver af drengene rakte ud og rørte ved ham. Han regnede med, at de ville give hånd, men en lagde sin hånd på Davids skulder, en anden greb hans arm med begge hænder og den tredje, en højere dreng, gnubbede blidt Davids hoved. De førte ham til den ene side af platformene, hvor de åben- bart havde siddet og tilbød David en træskål med grillet fisk i. Han spiste sultent mens de tre drenge så mod enden af bygningen. Pludseligt blev der helt stille derinde. David opdagede, at bygningen nu var fuld af folk fra landsbyen. Hele landsbyen måtte være derinde, tænkte han.

Der fløj et gisp gennem mængden, da en skikkelse hoppede ind i midten af bygningen. Den så ud som en stor bjørn. Gennem det svage lys så David, hvordan bjørnen gik hvileløst rundt på to ben, så på alle fire, og igen pludseligt stod op. Den havde et meget stort hoved, og David kunne se, at den åbnede og lukkede munden, men den lavede ikke en lyd. Da den kom hen mod David og de tre drenge åbnedes dens hoved pludseligt op, og David kunne se, at inden i dens hoved var et andet dyr, som lignede en fugl. Han var forbløffet, men før han kunne nå at sige noget, var ansigtet lukket og var igen ansigtet på bjørnen. David fornemmede, at de tre drenge var dybt rørt, selv om ingen af dem sagde noget.

Pludselig sprang et andet dyr ind i midten. Det var en fugl med et stort hoved og næb, med udstrakte vinger og korte ben, og den hoppede rundt, mens den åbnede og lukkede det lange næb og lavede lyde som en skrigende fugl. Og så kom den ene skikkelse efter den anden frem, og David forstod, at dette var dansen!

Han kunne kun svagt se, at inden i hvert dyr var der et andet dyr, eller nogen gange tittede et menneskes ansigt ud bag masken. Dansen fortsatte til lyden af trommer af træ, som havde en afslappende rytme, selvom der var en intens vågenhed i bygningen. Snart syntes alle danserne at danse i en rytme, en rytme David aldrig havde hørt før. Han følte sig selv både meget vågen, men også drømmende, og skik-kelserne gled ind i hinanden for at dele sig igen, og det slog ham pludselig, at hvert af disse dyr rummede andre dyr indeni, og nogen af dem endda mennesker, og af og til kom et menneske med at stort hoved ud og dansede rundt, og dets hoved åbnede sig og afslørede et dyr indeni.

David følte noget mærkeligt ske inden i ham, inden i hans egen viden og følelse, og han forstod, at alle disse væsner dansede indeni ham, og at han indeholdt en æld-gammel strøm af dyr, mennesker, væsner, som let og ele-gant skiftede fra den ene til den anden. Han forstod også, at hans egen livskraft var ældgammel og mystisk, og at den allerede havde sin egen viden indeni sig, at det ikke var en viden fra bøger, men fra en meget dybere levet viden, der var som en indre dans. Han vidste også instinktivt, at denne dans altid havde været i gang, og havde båret ham indefra, selv om han ikke havde kendt noget til den. Den havde været dækket til af alt det, hans forældre havde lært ham, af alt han havde lært eller troet han skulle lære i skolen. Han forstod også, at denne indre dans skræmte de mennesker, han havde levet med indtil for to dage siden, fordi den ikke fulgte de stramme regler, som mennesker satte, men havde sin egen måde at være på, og at denne måde meget mere var en flydende dans end noget som helst af det, hans eget folk havde kendt til.

Pludselig mærkede David Elefants blide snabel på sin egen skulder og han blev klar over, at Elefant og Gordy levede på dette sted, stedet for Den Store Dans, og at de begge havde prøvet på at vække David og få ham til at kende til eksistensen af dette utrolige rige.

En ny opmærksomhed

Næste morgen vågnede David sammen med solen. Han følte sig utroligt oplivet. Han vidste nu, at der var en dyb, levende viden indeni og at de fleste mennesker i verden ikke var vågne overfor denne livskraft. Det var et sted med en levende viden, der var så forskellig fra skolens døde stivhed. Han forstod også, at dette var stedet, som Bedstefar og Manden Bjørn havde prøvet at vække ham til. Han forstod, at dette rige allerede havde været der, før han blev født, og ville være der efter hans død. Det var en dans, der forenede alle mennesker. Som forenede alle væsner. Som forenede alt, der eksisterede. Der var ikke noget, den ikke vidste, men det var ikke en viden i ord, men en dyb viden i dansende kroppe, af rytme og forandring og omformning, af bevægelse og musik, af undere og mystik, og af tillid.

SLUT.

Eller måske

BEGYNDELSE?

"Ingenting er Ingenting" er del 1 af en serie af noveller af Steve Gallegos, som udforsker livet med dybdevisualisering som en vital og livskraftig del af den menneskelige bevidsthed.

"Noget er Noget" vil være til rådighed 2014.

Resources

FOR INFORMATION ON DEEP IMAGERY:

International Institute for Visualization Research
PO Box 632
Velarde NM 87582
www.deepimagery.org
www.facebook.com/deepimagery
IIVR@deepimagery.org

Eligio Stephen Gallegos, PhD,
PO Box 468
Velarde NM 87572
www.esgallegos.com
info@esgallegos.com
BOOKS ON DEEP IMAGERY FROM MOON BEAR PRESS:

Control and Obedience: The Human Illness
by E.S. Gallegos Ph.D. (2013)

Chakra Power Animals: The Living Energies of the Chakras
by E.S. Gallegos Ph.D. (2013)

The Personal Totempole Process: Animal Imagery, the Chakras and Psychotherapy

by E.S. Gallegos Ph.D. Kindle Edition (2013)

Animals of The Four Windows:
Integrating Thinking, Sensing, Feeling and Imagery
by E.S. Gallegos Ph.D. ISBN: 0944164404

Into Wholeness: The Path of Deep Imagery
by E.S. Gallegos Ph.D. ISBN 978-0944164228

Little Ed and Golden Bear
by E.S. Gallegos Ph.D. ISBN 978-0944164068

The Circus Cage: A Journey of Transformation
by Rosalie G. Douglas. ISBN 978-0944164020

Dancing in my Grandfather's Garden: Unearthing the Soul of
the Feminine and the Gift of Deep Imagery,
by Phyllis Brooks Licis, ISBN 979-0944164181

Seeds of Enlightenment: Death, Rebirth, and Transformation
through Imagery,
by Rene Pelleya-Kouri available on Kindle 2014

www.ingramcontent.com/pod-product-compliance
Lightning Source LLC
Chambersburg PA
CBHW071349170626
46811CB00003B/1055